KB140796

잔을
흔들면

와인 맛이
좋아지는 것처럼

흔들리며 살아가는
당신의 삶에 와인이 필요한 순간

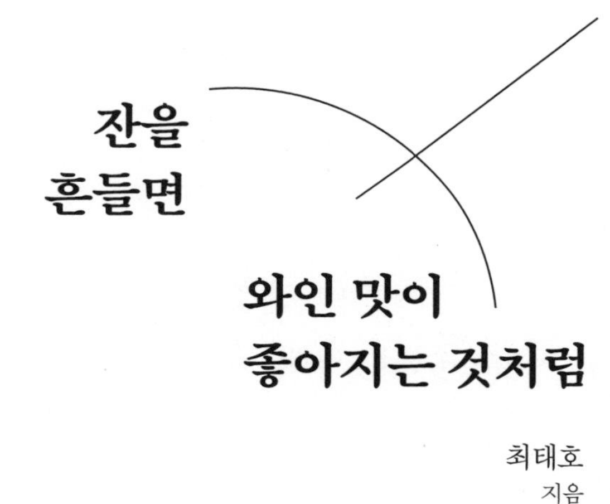

잔을 흔들면 와인 맛이 좋아지는 것처럼

최태호
지음

예문아카이브

prologue

와인을 좋아하고 와인에 대한 지식에 목말라 있던 시절, 와인을 통해서 많은 사람을 만나고 많은 곳을 다니게 되었다. 와인을 몰랐다면 만날 수 없는 사람들과 가보지 못할 곳들에 대한 경험이 나에게 새로운 시각과 깨우침을 주었다.

세계 각국을 다니며 친구들을 만나고 그들의 열정과 생각, 그들의 문화와 봉사 정신을 배우며 내가 사는 작은 삶이 더 행복해졌다. 이로 인해 내 주변 사람에게도 작은 씨앗을 뿌릴 수 있게 된 것, 이것이 내 삶의 보람이고 열정이고 사랑이다.

스페인의 주요 와인 생산 지역의 하나인 페네데스에 가

면 '꼬도르뉴'라는 와이너리가 있다. 이 양조장의 아름답고 웅장한 건축물은 스페인 국가문화유산으로 지정되어 있으며, 마치 바르셀로나를 대표하는 랜드마크 '사그라다 파밀리아' 성당을 연상시킨다. 이 건축물을 설계한 조셉 푸이그 이 카다팔츠는 사그라다 파말리아를 설계한 천재 건축가 안토니오 가우디의 제자로 가우디와 함께 동시대 최고의 건축가로 알려져 있다. 안토니오 가우디와 쌍벽을 이루던 그가 모더니즘의 표방이 되는 훌륭한 건축물에 자신의 이름과 역사를 남긴 것이다. 하지만 이 양조장이 국가문화유산으로 지정된 것은 단지 건축미 때문이 아니라 이곳이 스페인의 스파클링와인인 까바가 태어난 곳이기 때문이다.

와인과 건축은 서로 닮은 점이 많다. 와인이 그 지역의 기후와 특징을 반영하는 것처럼 건축물도 지역적인 특징과 환경을 고려해 지어야 경제적이고 친환경적이며 편리하게 이용할 수 있다. 건축물이 단순히 주거와 특정 용도에 국한된 것이 아니라 그 지역의 문화를 반영하고 예술적 아름다움과 가치를 구현하는 것처럼 와인도 단순히 먹고 마시는 술이 아니라 하나의 문화로 인정하고 즐겨야 한다.

와인과 삶도 많이 닮았다. 와인은 자신을 표현하고 새로운 정보와 인연을 만들어주는 문화의 단초이며 삶처럼 시간을 견디는 기다림으로 더욱 빛난다.

와인을 마신다는 것은 그 지역의 역사와 문화를 배우고, 그 와인을 만든 사람들의 생활방식을 이해하는 것이다. 와인과 삶에 대한 글을 쓰는 것은 와인에 대한 나의 경험이 우리 모두의 경험이 되기를 바라는 마음이다. 와인을 와인으로만 전달하는 것이 아니라 문화와 일상으로 접근할 수 있다면 와인 시장의 저변은 훨씬 빨리 확대될 수 있을 것이다.

아무리 고함쳐도 돌아오지 않는 메아리처럼 무심한 인연. 결코 자신을 드러내지 않은 채 시간만 지나지만, 차마 거절할 수 없을 만큼 힘들 때 손을 내어주는 소중한 인연이 있다. 아무리 간절하고 그리워도 청하지 않으면 만날 수 없는 인연. 서로 마음을 닫은 채 세월만 지나지만, 와인을 통해 새로운 만남을 가지고 그 인연으로 서로 위로하고 치유 받을 수 있다.

나에게 와인은 삶이고 인연이다. 일상에서 만나는 사소한 이야기들을 와인과 함께 풀어낸 나의 생각이 이 책을

읽는 독자들의 마음 한편에 전해지기를 바란다. 상처받은 우리들 마음에 와인 한잔이 조금이라도 위안이 된다면 나의 작은 노력은 큰 보람이 된다.

떨리는 입맞춤처럼 입술을 스치는 와인은 입안으로 사라져도 설렘은 가슴속에 남는다. "혼자 마시는 와인은 아무런 흔적도 남기지 않은 인생과 같다."는 격언처럼 나는 앞으로도 이웃과 더불어 와인을 마시고 와인과 삶에 대한 이야기를 나누며 살아갈 것이다.

최태호

contents

프롤로그 4

Part 1

신의 선물,
와인이 만들어지기까지

비처럼 와인처럼 14

와인의 숙성과 설렘 18

욕심이 아닌 바람으로 22

계절과 맞는 와인 한잔 마시는 재미와 여유 26

무더위를 이겨낸 와인의 향기 32

수확의 계절, 마음이 멍들지 말자 36

포도의 변신은 무죄, 와인 어프로치 40

은은한 피노누아 같은 사람 44

상대의 장점을 인정해 주는 '인간관계의 브랜딩' 48

와인 패러독스의 시대 52

와인도 인생도 기다림으로 더울 빛날 수 있다 56

우리 같이 잘 살면 안 될까요? 60

마음을 흔드는 매력적인 친구는 늘 가까이에 있다 64

자연과 인간이 만들어낸 합작품, 아이스와인 68

Part 2

잔을 흔들면 와인 맛이 좋아지는 것처럼

환상의 식탁을 만들어주는 현악 삼중주 74

와인의 온도처럼 감정의 온도를 맞춰보자 80

와인은 마시기 위해 있는 거잖아 84

와인은 소리로 마신다 88

와인의 향기가 나는 사람 92

와인과 친구는 오래될수록 좋다? 96

스타일을 알면 행복해질 수 있다 100

Part 3

당신의 삶에 와인이 필요할 때

양해를 바라지 말고 용서를 구하자 106

사랑도 와인처럼 시간이 필요하다 110

평범한 식탁을 특별하게 만드는 와인 114

고단한 하루를 마치고 마시는 와인 한잔의 여유 118

다 같이 행복한 세상을 꿈꾸며 122

그 날을 기다리며 126

보졸레와인의 행복 130

겨울나기 134

거리두기 138

우리의 삶은 아름다운가? 142

Part 4

마켓 4.0 시대의 슬기로운 와인 마케팅

와인 소비 패턴이 변화하고 있다 150

와인! 콘텐츠가 필요하다 154

와인 체인저의 시대 158

마음이 가는 와인이 좋은 와인이다 162

와인 가격이 중요하나요? 166

와인으로 느끼는 자부심 170

정의란 무엇인가? 174

와인의 대중화? 무엇을 지킬 것인가? 178

와인의 가치 182

와인 어게인 186

메리크리스마스 190

나를 변화시키는 와인처럼 194

우연히 만들어진 명품 198

감성을 스치는 와인 204

Part 5

어느 멋진 날의 와인을 기다리며

고난의 이겨낸 와인, 마데이라 210

역사 속 와인 스타일 216

와인의 르네상스가 오기를 220

어느 멋진 날의 와인을 기다리며 226

디 오픈 우승컵은 와인 주전자 230

최고의 와인은 내 곁에 있다 234

프랑스와 미국의 와인 전쟁 240

몰도바와인의 추억 244

세상에는 좋은 와인이 많다 248

내추럴와인과 정월대보름 252

Part 1

신의 선물, 와인이 만들어지기까지

삶도 와인과 많이 닮았다. 포도 재배와 양조 과정을 알면 와인의 품질을 더 잘 평가할 수 있는 것처럼 그 사람의 생애를 알아야 온전히 그 사람을 이해할 수 있다. 하지만 바람이 넘치면 욕심이 된다. 욕심은 몸과 마음을 긴장시키고 아프게 한다. 최선을 다한 후 원하는 대로 이루어지기를 기다리는 간절한 마음, 그저 '욕심이 아닌 바람'만으로 충분하다.

비처럼
와인처럼 ——

"비가 내리고 음악이 흐르면 난 당신을 생각해요. 당신이 떠나시던 그 밤에 이렇게 비가 왔어요." 故 김현식의 노래 '비처럼 음악처럼'의 가사처럼 비는 우리를 추억으로 이끄는 감성 코드가 있다.

비 오는 날 땅에서 올라오는 흙냄새, 햇빛이 가려져 편안해진 밝기의 안정감과 창가를 스치는 빗방울 소리가 감성을 자극한다. 높은 습도와 기압 저하로 마음이 우울해져 비를 싫어하는 사람도 많지만 와인 한잔하기 좋은 날이다.

좋은 와인을 만들기 위한 포도 재배에 이상적인 기후조건과 날씨가 중요하다. 충분한 습도와 온도가 있어야 하고 포도의 성장 주기와 날씨가 잘 맞아야 한다. 겨울철 포도나무가 죽을 정도의 강한 서리는 피해야 하지만 포도나무의 성장을 억제하고 충분한 휴식을 취할 수 있을 정도로 추워야 한다. 또한, 비가 충분히 내려 토양에 적당한 수분을 공급해야 한다. 봄에는 온화한 날씨에 부드러운 비가 내려야 포도나무의 성장이 촉진되며 꽃이 피는 동안 따뜻한 날씨가 이어져야 한다. 여름에는 온도가 높고 비가 적당히 내려야 열매가 많이 열리고, 가을에는 건조한 날씨가 오래 이어져야 포도가 잘 익는다.

포도 재배 가능 지역으로 위도 30~50도, 연평균 온도 10~20도, 열매가 익는 시기에 최소 1,500시간의 일조량, 연평균 최소 500밀리미터의 강수량과 물이 잘 빠지는 토양 등을 꼽는다. 프랑스, 이탈리아, 독일, 미국, 호주 등 잘 알려진 와인 생산국과 최근 한국에 알려지며 인기를 끌고 있는 슬로베니아, 몰도바, 루마니아 같은 동유럽 나라들이 이에 속한다.

한국처럼 여름 강우가 집중되는 나라는 습한 계절풍의 영향으로 구름 입자가 100만 개 정도 모여 무거워지면서 비가 된다. 포도 재배 가능 지역에 속하지만, 와인 양조용 포도를 재배하는 어려움이 있는 이유 중 하나가 바로

장마철의 집중호우다.

유럽 북쪽에 있는 포도밭은 기온이 낮고 습도가 높아, 산도가 높고 알코올 도수는 낮은 가볍고 산뜻한 스타일의 와인이 생산된다. 반면, 무덥고 건조한 남부 지방은 고온과 강수량의 부족으로 포도가 잘 익어 알코올 도수가 높고 풍만하며 산도 낮은 와인이 생산된다.

같은 지역이라도 강수량과 날씨에 따라 와인의 스타일이 달라질 수 있다. 보르도 지방의 경우 1977년 내린 폭우와 일조량 부족으로 포도가 잘 익지 않아 가볍고 산도 높은 와인이 만들어졌지만, 1990년에는 더운 여름의 충분한 일조량으로 포도가 잘 익어 최고의 와인이 생산되었다.

농경시대, 비는 귀중한 손님 같은 존재였다. 가뭄에 힘든 농부를 울먹이게 했던 비처럼 와인은 우리를 울컥하게 하는 매력이 있다. 사랑을 주지 못하는 사람은 사랑을 받을 수 없는 것처럼 와인을 마셔보지 못한 사람은 와인의 매력을 모른다.

비처럼 와인처럼, 감동을 주는 소중한 친구처럼, 그렇게 살고 싶다.

ROMANEE
CONTI

와인의 숙성과 설렘 ——

발효가 끝난 지 얼마 되지 않은 와인은 발효 과정에서 생기는 효모의 향과 탄산가스 등이 섞여 있어 향과 맛이 거칠기 때문에 바로 마실 수 없다. 와인의 숙성은 포도의 성분이 발효되면서 생기는 새로운 성분과 기존의 성분이 섞이며 조화를 이루는 과정을 말한다. 와인의 향과 맛이 안정되기까지 일정 기간 숙성이 필요하지만 정해진 기간이 있는 것은 아니다. 포도의 품종, 와인의 스타일, 원산지, 수확 시기 등을 고려하여 결정한다.

와인 숙성은 발효가 끝나서 마실 때까지의 기간, 탱크나 오크통 혹은 병에서 마실 때까지의 변화를 의미한다. 중장기적 숙성이 가능하려면 타닌, 산도, 그리고 알코올 도

수가 높아야 하지만 좋은 향과 맛으로 발전할 수 있는 포도의 품질과 특징이 가장 중요하다.

와인이 숙성되면서 일어나는 변화는 다음 세 가지로 구분할 수 있다. 첫째는 와인을 숙성시키는 통에서 특정 성분이 와인으로 전달된다. 예를 들면 오크통에서 숙성되면서 타닌과 커피, 바닐라, 코코넛 등 여러 가지 복합적인 향이 와인 속에 스며든다. 둘째는 숙성 기간 중 특정 성분이 산소와 화학 반응을 일으켜 와인 속에 나타나는데 캐러멜, 커피, 너트 향 등이 이에 속한다. 세 번째는 유리병과 같이 산소가 없는 환경에서 발전하는 향이다. 병에 넣은 후 얼마 되지 않은 와인은 맛과 향이 깊지 않아 병 안에서 수개월 또는 수년 동안 숙성했을 때 품질이 좋아지는 와인이 많다. 하지만 와인을 오랫동안 병에서 숙성하면 오히려 신선한 과일향이 사라지는 와인도 있다. 이런 와인은 빠른 시일 내에 마셔야 한다.

전 세계에서 생산되는 대부분의 와인은 대체로 숙성 기간이 길지 않고 가까운 시일 내에 소비된다. 반면, 최상급 와인의 대부분은 오크통이나 병 속에서 숙성을 시켜야만 더욱 맛이 좋아진다. 초기의 거친 풍미와 타닌이 강한 와인일수록 숙성되면서 향과 맛이 좋아진다. 최상급

와인 중에는 지역에 따라서 최소한의 숙성 기간을 법으로 정해놓기도 한다.

와인에서 맡을 수 있는 향으로는 '아로마'와 '부케'가 있다. 아로마는 포도 자체에서 우러나오는 향을 말하고, 부케는 발효가 끝나고 숙성되는 기간 동안 형성되는 향을 말한다. 아로마를 통해서 포도의 품종이 무엇인지 알 수 있고, 부케를 통해서 숙성이 잘된 좋은 와인을 찾을 수 있다.

사랑하는 사람을 만나기 전 쿵쿵, 가슴 뛰는 설렘처럼 와인을 마시기 전 두근두근, 향과 맛을 상상해보자. 만날수록 그리운 사람처럼, 입안 가득 여운 남는 와인이 좋은 와인이다.

한걸음 뒤로 두고 언제든지 돌아갈 그런 만남은 싫다. 나 없는 자리 다른 사람으로 채우면 되는 그런 사랑도 싫다. 빈자리가 있어도 그 허전함이 좋은 사랑처럼 잔은 비었지만 그 아쉬움 채워주는 잔향 가득한 와인. 그런 사랑, 그런 와인이 좋다.

욕심이 아닌
바람으로 ——

아침 이슬 시원한 바람과 햇볕에 구름 도망가고 바람도 따라간다. 무지하게 내리던 비 그치고 새삼스레 여름, 무더위에 또 지쳐간다. 이럴 땐 비가 올 것 같은 흐린 날이 부럽고, 그 감성에 맞는 와인 한잔이 그립다.

포도나무는 건조한 상태를 좋아하지만, 광합성을 하려면 어느 정도의 물은 반드시 필요하다. 가뭄이 잦은 지역에서 포도는 제대로 익지 못해 당분이 제대로 만들어지지 않는다. 가뭄과 반대로, 수확기에 지나치게 비가 많이 오면 포도의 당분과 맛이 떨어지고 축축하고 습한 조건 때문에 쉽게 썩을 수 있다.

포도나무는 자가 수분(종자식물에서 수술의 화분이 암술머리에 붙는 것)하는 식물이지만 꽃이 잘 피고 수분이 잘되려면 따뜻하고 건조하고 바람이 불어야 한다. 과일의 품질을 좌우하는 요인 중 하나인 통풍은 과일나무의 열간 간격과 식재 간격이 중요하며 와인 양조를 위한 포도나무처럼 식재가 잘 된 경우 가지치기가 중요하다. 이런 것들이 소홀하면 품질은 저하된다.

포도나무가 건강하게 자라기 위해 많은 미네랄이 필요하다. 석회가 많은 토양은 배수에 좋고, 적절한 광물 성분이 잘 분포돼 있으면 포도가 익는 시기에 산도를 유지하는데 도움을 준다. 과도한 열, 물 또는 철분 부족은 백화 현상을 일으킬 수도 있는데 이로 인해 포도나무 잎은 황색으로 변하고 광합성 작용 부족으로 수확량이 줄어든다.

와인 생산에서 중요한 것은 포도의 품질이며 품질이 떨어지는 포도로는 좋은 와인을 만들 수 없다. 포도 재배자는 최상의 포도가 생산되기를 바라고 와인 양조자는 이 포도로 최상의 와인을 만들기를 바란다. 하지만 이러한 간절한 바람과 노력에도 불구하고 기후와 날씨 같은 자연적인 요인에 따라 한해의 농사를 망칠 수도 있다. 또한 양조 기술이 부족하거나 양조 과정의 실수로 좋은 포도로도 낮은 품질의 와인이 만들어질 수 있다.

삶도 와인과 많이 닮았다. 포도 재배와 양조 과정을 알면 와인의 품질을 더 잘 평가할 수 있는 것처럼 그 사람의 생애를 알아야 온전히 그 사람을 이해할 수 있다. 하지만 바람이 넘치면 욕심이 된다. 욕심은 몸과 마음을 긴장시키고 아프게 한다. 최선을 다한 후 원하는 대로 이루어지기를 기다리는 간절한 마음, 그저 '욕심이 아닌 바람'만으로 충분하다.

"손에 든 찻잔이 뜨거우면 그냥 놓으면 되는데 괴로워하면서도 잔을 놓지 않는다."는 법륜스님의 말처럼 사람의 욕심은 끝이 없고 같은 실수를 반복한다. 말에는 무게가 있어야 하고 잘못된 행동으로 일어나는 모든 일은 자신이 감당해야 한다. 하지만 욕심이 이성의 눈을 가리고 어리석은 말과 행동을 하게 만든다.

이제 욕심의 뜨거운 잔 내려놓고 강산풍월주인(江山風月主人)처럼 살아보자. 서두르지 말고 애쓰지 말고, 노력한 만큼 시간이 해결해주기를 진심으로 바라는 마음만 가지자. 자신의 눈을 가린 욕심을 버릴 수 있다면 언제나 올바른 선택을 할 수 있다.

계절에 맞는 와인 한잔 마시는 재미와 여유 ——

한껏 물이 오른 자연이 화려한 그림을 그리는 계절, 봄. 여기저기 화려한 자태를 뽐내는 꽃들의 향연, 아직 바람은 차지만 봄꽃 아래 향기로운 와인 한잔 나누고 싶은 계절이다. 이럴 땐 화이트와인처럼 가볍고 신선한 분홍빛의 로제와인이 제격이다.

프랑스어로 뱅 로제(Vin Rose)라고 부르는 로제와인은 주로 노천카페나 해변에서 시원하게 해서 마시는 와인으로 '바캉스의 와인'으로 부르기도 한다. 최근 일본에서의 인기몰이를 시작으로 우리나라도 젊은 세대와 여성들이 즐겨 마시는 트렌드로 자리 잡고 있다.

흔히들 로제와인은 레드와인과 화이트와인을 섞어 분홍

빛을 내는 것으로 알고 있지만 잘못된 상식이다. 프랑스에서 레드와인과 화이트와인을 섞어 로제와인을 만드는 것을 법으로 금지하고 있으나 예외적으로 샹파뉴 지역만 허용하고 있다.

로제와인은 적포도의 과육과 껍질을 같이 넣고 약 6~12시간 발효시킨 뒤 색이 우러나오면 압착하여 껍질을 제거하여 만든다. 보다 가벼운 로제와인을 만들기 위해서는 침용 과정 없이 처음부터 압착하면서 원하는 색이 나오도록 압력을 높여 만들기도 한다. 포도 껍질과 포도즙의 접촉 시간이 짧아 타닌이 적고 신선한 과일의 향기를 머금은 분홍빛의 아름다운 로제와인이 탄생하는 것이다.

프랑스의 꼬드 뒤 론 지역의 타벨과 루아르 지역의 앙주가 최상품 로제와인의 생산지로 유명하지만, 랑그독-루시옹과 프로방스 지역도 품질 좋은 로제와인을 생산하는 곳으로 잘 알려져 있다. 최근 프랑스 남서부의 가스코뉴 지역에서 꽃과 과일 향을 최대한 살려 맛이 신선하고, 현대적 감각의 독특한 레이블이 있는 와인을 많이 생산하고 있으며 몰도바, 루마니아 등 동유럽 지역에서도 가성비가 뛰어난 로제와인을 만들고 있다.

구대륙 와인과 신대륙 와인으로 구분 짓거나 레드와인과 화이트와인만을 즐겨 마시던 정형화된 기존 와인의 틀에서 벗어나 새로운 색과 맛의 로제와인을 고르는 젊은 세대가 늘어나면서 새로운 와인 트렌드가 만들어지고 있는 것이다.

와인의 향과 맛은 다양하다. 레드와인, 화이트와인과 로제와인이 다르고, 오크 숙성과 탱크 숙성 와인의 향과 맛이 다르다. 만들어진 해마다 다르고, 오래된 와인과 어린 와인의 향과 맛이 다르다.

"인생이란 비스킷 통이라 생각하면 돼. 비스킷 통에 여러 가지 비스킷이 가득 들어 있고 거기에 좋아하는 것과 그다지 좋아하지 않는 게 있잖아? 그래서 좋아하는 걸 자꾸 먹어버리게 되면, 그다음엔 그다지 좋아하지 않는 것만 남게 되거든."
무라카미 하루키의 소설 『노르웨이 숲』에 나오는 이야기처럼 이제 와인을 마실 때도 좋아하는 와인만 고집하는 편식은 하지 말자.

봄을 조금만 더 품을 수 있으면 좋겠지만 이제 곧 여름이 오고 금세 지금의 봄을 잊어버릴 것이다. 그저 지금 계절에 맞는 와인 한잔을 마시는 재미와 여유, 비싸고 잘 알려진 와인이 아니라도 계절에 맞고 분위기에 맞는 와인이 좋아진다면 이제 와인은 우리에게 새로운 기쁨을 줄 것이다.

무더위를 이겨낸 와인의 향기 ——

더위와 손잡고 찾아오는 여름. 최근 들어 여름 무더위가 기승을 부리는 해가 유난히 많아졌다. 무더위란 덥고 습도 높은 날씨로 물을 덥힌 것처럼 푹푹 찌듯 더워서 '물더위'라 부르다 무더위가 되었다.

포도 재배에 있어 가장 중요한 기후 조건은 온도와 강수량이다. 포도 열매가 최적의 상태로 익으려면 열매가 익는 시기에 최소 1,500시간의 일조량이 필요하다. 일반적으로 서늘한 기후에서 레드보다 화이트 품종이 더 많이 생산되는 이유는 화이트 품종이 서늘한 기후에 잘 자라서가 아니라 껍질이 두꺼운 레드 품종보다 비교적 적은 일조량에도 빨리 익는 까닭이다.

포도가 잘 자라려면 연평균 강수량이 약 700밀리미터 정도가 되어야 하지만 서늘한 기후에서는 이보다 적어도 괜찮다. 가뭄이 잦은 지역에서는 높은 기온과 물 부족으로 포도 잎이 시들고 포도알이 제대로 익지 못해 당분이 제대로 만들어지지 않는다.

해마다 안정적인 기후를 보이며 변화가 거의 없는 지역에서는 매년 일정한 품질의 와인이 생산되지만 그렇지 않은 지역에서는 해마다 와인의 품질이 달라질 수 있다. 날씨 변화가 심한 유럽의 경우 포도가 생산된 연도를 말하는 '빈티지'가 와인 품질의 척도가 되는 이유이다. 무더운 여름이 있는 우리나라는 포도 생산에 좋은 기후를 가지고 있지만, 태풍이나 여름철 집중호우가 포도 생산에 좋지 않은 영향을 미칠 수 있다.

'삼복기간에는 입술에 묻은 밥알도 무겁다.'라는 속담처럼 어김없이 찾아온 무더운 여름을 이겨내는 지혜가 필요하다. 입맛도 잃고 건강도 잃기 쉬운 여름에는 수분과 비타민이 풍부한 제철 과일, 채소가 더위를 극복하는 데 도움이 된다. 또한, 더위는 날리고 원기는 채워줄 보양식으로 닭백숙과 삼계탕도 좋다. 차가운 계곡물에 담근 발이 시원하다 못해 시려질 때까지 물놀이를 하다가 지칠 때 시원한 나무 그늘에 자리 잡고 앉아 보자. 커다란 솥에 삶아낸 닭백숙의 살을 발라내 소금에 찍어 리슬링 품종으로 만든 산도 높고 드라이한 화이트와인 한잔을 곁들일 수 있다면 이미 무더위는 저 멀리 도망쳐 버릴 것이다.

무더운 여름을 이겨내고 포도가 익을 무렵 포도의 산도는 점차 감소하고 당분이 축적되면서 화이트 품종은 노란색의 투명한 색깔이 되고 레드 품종은 붉은색으로 착색된다. 이 시기에 와인에서 가장 중요한 아로마가 서서히 증가하게 되고 서늘한 기후와 일교차가 클수록 고급스러운 와인을 만들 수 있는 포도가 만들어진다.

무더운 여름을 견디며 와인의 향기를 머금어 가는 포도처럼 사람과의 만남에서도 관계를 개선할 지혜가 필요하다. 주변을 보면 식사나 대화 중에 무심코 휴대폰을 보거나 딴 짓을 하는 경우를 많이 보게 된다. 일상적인 식사나 대화의 중이라도 자기 앞에 있는 상대와 눈을 마주치고 집중하는 습관을 지녀보자. 조금만 견디고 관심을 가지면 피워 오르게 될 인간관계의 아로마를 상상하면서….

수확의 계절,
마음이 멍들지 말자 ——

가을은 와인 생산자들이 1년 중 가장 바쁜 시기를 보내는 수확의 계절이다. 포도는 성숙되면서 당도가 서서히 증가하고 산도는 점차 감소한다. 포도 수확은 포도의 당도와 산도가 이상적인 균형을 이루었을 때 시작되며 성숙된 포도를 수확할 수 있는 상태를 '알코올 성숙'이라고 한다. 압착한 포도즙을 당도 측정기나 알코올 농도 측정기로 확인해 정확한 수확 시기를 결정하며 포도 품종과 포도밭의 상태에 따라 달라진다.

'페놀 성숙'은 레드와인용 포도에 대한 숙성 기준으로 타닌과 색깔을 고려해 결정된다. 페놀 숙성이 부족하면 거칠고 풀냄새 나는 어린 와인이 만들어지고 잘 숙성되면 부드럽고 마시기 좋은 타닌과 복합미 있는 와인이 만들어진다. 날씨가 지나치게 더울 경우 포도의 당도는 빠르게 올라가지만, 페놀 숙성은 부족할 수도 있다. 페놀 숙성을 기다리면 당도는 더 올라가고 산도는 빠르게 떨어져 높은 알코올 도수에 비해 부족한 산미로 입안이 화끈거리고 쓴맛 강한 와인이 만들어진다.

포도가 최고로 성숙되는 순간을 확인하여 수확 시기를 결정하는 것은 어려운 일이다. 프랑스는 포도 수확 시작과 끝나는 날이 해당 지역 법령에 의해 정해지는데 악천후가 예상되면 조정하기도 한다.

포도나무는 수확이 끝난 가을에도 뿌리가 발달하고 낙엽이 지기 전까지 광합성을 해 영양분을 축적한다. 수확 후 포도나무 관리를 위해 가지치기와 적당량의 물주기를 해야 한다. 15~20밀리미터의 물을 7일 간격으로 12월 중순까지 줘야 하며, 잘라낸 가지와 낙엽에 있는 병충해를 태워 다음 해 병충해 밀도를 줄이는 것도 필요하다. 월동 전 축적된 저장 양분은 겨울철 추위 피해를 줄이고, 이듬해 발아와 생육에 좋기 때문에 고품질의 포도를 생산하기 위해 수확 후 철저한 관리가 필요하다.

전통적으로 수확 시기에 포도를 따던 인력은 점점 기계

AJ 618

로 대체되고 있다. 기계 수확의 최대 장점은 속도이다. 악천후로 포도 수확이 영향을 받을 수 있는 경우나 포도가 성숙되자마자 빨리 익어버리는 소비뇽 블랑 같은 품종은 기계로 빨리 수확하는 것이 중요하다. 하지만, 아직도 사람이 직접 포도를 선별해 손으로 따는 곳도 많다. 손으로 수확하면 시간이 오래 걸리고 힘들지만 썩거나 덜 익은 포도를 가려 수확해 고품질의 와인을 만들 수 있기 때문이다. 또한, 어렵게 재배한 포도를 잘못 수확해 한해 농사를 망칠 수도 있기 때문에 포도가 멍들지 않도록 수확하기 위해 큰 노력을 한다.

멍든 포도로 좋은 와인을 만들 수 없는 것처럼 사람도 마음이 멍들면 행복할 수 없다. 힘들고 어려운 시절, 지나간 상처에 아파하지 말자. 지나고 나면 후회 없는 삶은 없지만 새로운 출발, 또 다른 도전이 남아있다.

세상은 혼자 살 수 없으며 같이 해야 행복하다. 끼리끼리 모여 사는 이유이다. 사람이 와인을 만들고 와인이 사람을 만든다. 다 함께 모여 사랑으로 마시는 와인 한잔, 마음이 멍들지 않는 그런 시절에 살고 싶다.

포도의 변신은 무죄,
와인 어프로치 ——

포도의 변신, '와인 어프로치'를 아시나요?

자신이 맡은 배역을 위해 자신의 외부적 조건을 변화시켜 역할에 혼신의 힘을 다하는 연기 스타일을 '드니로 어프로치'라고 한다. 실제로 배우 로버트 드니로는 영화 〈택시 드라이버〉에서 기력 없고 창백한 얼굴을 만들기 위해 몇 달 동안 택시 운전을 하며 16kg을 감량했다. 〈레이징 불〉에서는 선수 시절과 중년이 된 후 두 모습의 라모타를 연기하기 위해 8주 동안 약 27kg의 체중을 늘렸다. 체중 조절, 눈빛, 표정 연기는 물론 "완벽하게 내 역할에 빠져 든다."라는 철칙으로 자신만의 세계를 구축하였다.

포도 역시 자라는 지역의 기후나 토양에 따라 완전히 새로운 스타일로 탄생된다. 필자는 이것을 '와인 어프로치' 라고 부른다.

프랑스 보르도 지역의 대표적 품종인 '까베르네 소비뇽'은 껍질이 두꺼워 타닌이 많고 포도 알이 작아 강한 맛과 향을 낸다. 날씨와 토양에 대한 적응력이 뛰어나 다양한 스타일의 와인으로 만들어진다. 서늘한 지역에서는 스파이시하고 삼나무 향이 많이 나며, 신대륙과 같은 온화한 기후에서는 블랙체리, 올리브, 초콜릿 같은 풍미가 강한 와인이 된다. 이중 호주, 특히 쿠나와라에서 재배되는 대부분의 까베르네 소비뇽은 민트, 유칼립투스, 멘톨 등의 독특한 향이 많은데, 이 지역에 많이 자라는 식물의 향과 맛이 와인 속으로 스며든 결과이다.

다양한 기후와 토양에 잘 적응하는 대표적인 화이트 품종으로 '샤르도네'가 있다. 샤르도네라는 이름은 프랑스 마꼬네 지역의 100년 된 마을 이름에서 유래되었다. 프랑스 쥐라에서는 믈롱 다르부아, 샤블리에서는 보누아라고 부르기도 한다. 와인양조학으로 유명한 미국의 UC 데이비스 대학의 연구에 따르면 피노 계열 포도와 구에 블랑과의 교잡으로 만들어진 품종으로 전 세계에서 가장 많이 재배하는 품종 중 하나다. 이회암과 석회질 토양을 선

호하고 토양의 점토 비율, 다양한 기후와 양조 방식에 따라 다양한 맛을 내는 팔색조 같은 포도 품종이다.

샤르도네 포도 품종의 과일 향은 크게 두드러지지 않기 때문에 샤르도네로 만든 와인의 풍미는 재배 지역의 기후와 토양, 양조 방법에 의해 결정된다. 샹파뉴와 샤블리처럼 서늘한 기후에서 자란 샤르도네는 높은 산도를 가진 파삭하고 상큼한 와인으로 만들어진다. 더운 지역에서는 강렬하고 매혹적인 풍미를 드러낸다. 오크 숙성을 하지 않으면 사과, 감귤류, 복숭아 같은 과일 향과 떼루아의 특성을 잘 나타내고, 오크 숙성을 하면 묵직하고 부드러운 질감에 바닐라, 이끼, 송로버섯과 버터 향이 감도는 부드러운 와인이 만들어진다.

세계 최고의 샤르도네 와인을 만드는 프랑스 부르고뉴 몽라셰, 초록 자두의 풍미와 높은 산도를 지닌 샤블리, 섬세하고 우아하며 경쾌한 향기와 맛을 가진 샴페인. 모두 다른 지역의 기후와 토양에 적응한 샤르도네의 변신으로 만들어진 결과다. 와인의 변신은 무죄, 와인 한잔의 맛과 멋은 여기에 있다.

은은한 피노누아 같은 사람 ——

포도 품종은 와인의 스타일과 품질을 결정하는 중요한 요소이다. 토양, 기후, 위도, 수확 시기, 양조 방식에 따라 와인 맛의 차이가 나고 포도 품종의 특성에 따라 와인 향의 강도, 당도, 산도 그리고 타닌 함량 등이 달라질 수 있다.

프랑스 부르고뉴 지역의 대표적인 품종인 피노누아로 만든 와인은 풍부한 색상과 복잡한 맛을 가졌다. 다양한 음식에 잘 어울리는 우아한 풍미를 자랑한다. 석회와 점토질이 많은 토양과 대륙성기후를 가진 부르고뉴에서 생산된 피노누아는 추운 겨울과 더운 여름을 지나면서 가벼운 색상, 신맛이 많고 쓴맛이 적은 포도가 된다. 풍성한 과일 향이 좋은 와인이지만 오크통에서 숙성하면 상당히 복합적인 향, 쓴맛과 신맛이 강한 와인이 만들어지기도 한다. 여러 가지 포도를 브랜딩하고 오크 숙성을 오래 해 진하고 강한 맛을 내는 와인에 비해 부르고뉴의 피노누아 와인은 한 가지 포도만을 사용하지만 풍부한 향, 달콤하면서도 인상적인 느낌을 주는 낭만적인 와인이다. 마치 사랑에 빠지는 것처럼 피가 뜨거워지고, 영혼을 달콤하게 만들어주는 시처럼….

피노누아는 서늘한 기후를 선호하는 프랑스 부르고뉴에서 주로 재배되지만 미국 오리건 지역과 남아프리카의 워커베이 지역에서도 생산된다. 피노누아는 재배하기 어렵고 와인을 만들기가 까다로운 품종이다. 포도의 껍질이 얇아 성숙 과정에서 종종 불규칙하고 예측할 수 없는 환경의 영향을 많이 받기 때문에 부패하지 않도록 특별한 재배 방식으로 주의해서 관리해야 한다. 이러한 어려움을 이겨낼 의지와 재배 기술이 있을 때 그 이상의 풍부하고 복잡한 와인이 생산될 수 있다.

8월 18일은 '국제 피노누아의 날'이다. 이 와인을 생산하는 데 필요한 모든 것과 그 이후의 모든 것을 생산자와 소비자가 함께 축하하고 즐기자는 의미로 정해졌다. 가까운 와인 가게로 가서 맛있는 와인 한 병을 준비해보자.

가까운 지인과 함께 모여 좋아하는 피노누아 한 병씩 가져온 다음 각 지역마다 다른 개성과 취향을 즐겨보자. 값비싼 고급 와인이든 저가 와인이든 나름대로 가치가 있다. 마실 때마다 새로운 경험을 주는 와인의 매력. 잘 알려진 유명한 와인이 아니더라도 서로 다른 특징이 있는 와인을 만나는 기쁨을 누려보자.

대부분 한국의 와인 애호가들은 무게감 있고 타닌이 강한 와인을 좋아하지만 와인을 마시다 보면 결국 부드럽고 우아한 피노누아를 좋아하게 된다. 잔잔하면서도 오래 남는 와인, 강한 것보다는 은은하게 오래 남는 그런 와인, 그래서 계속 찾게 되는 와인.

브랜드와 상관없이 품종만으로 손이 가는 와인처럼 강력하진 않지만 항상 은은한 여운이 남는 사람, 계절에 상관없이 날씨와 상관없이 어느 음식과 같이 마셔도 그 하나만으로 빛이 나는 피노누아 같은 사람이 되자.

내 곁에 있는 사람을 소중하게 생각하고 최선을 다하자. 행복은 멀리 있지 않다. 지금 바로 내 앞에 있는 사람, 지금 하고 있는 일, 지금 마시는 와인이 가장 나를 행복하게 해주는 소중한 친구이다.

상대의 장점을 인정해 주는 '인간관계의 브랜딩' ——

와인은 포도 품종이 가지고 있는 특성에 따라 다양한 향과 맛을 낸다. 같은 포도 품종이라도 산지의 토양, 기후, 양조 방식 등 떼루아에 따라 다른 스타일의 와인이 만들어진다.

프랑스 보르도 지역은 기후 변화가 심하고 큰 날씨 편차로 일정한 품질의 와인 생산을 예측하기 어렵다. 이러한 불리한 기후 조건을 극복하고 손실을 최소화하기 위해 여러 품종을 재배한다. 껍질이 두꺼운 포도는 쉽게 부패하지 않는다. 껍질이 얇은 포도는 빨리 익고 서리와 축축한 토양에 저항력이 강하다. 포도 품종마다 날씨 변화에 다르게 반응하기 때문에 여러 품종을 섞어서 만든다. 이렇게 같은 산지의 다른 와인을 더 좋은 품질로 개선하거나 개성을 살리기 위해 두 가지 이상 조합하는 기술을 '브랜딩(Blending)'이라고 한다.

보르도는 역사적으로 8세기 이후부터 영국과의 교역을 통해 세계에서 가장 우수한 품질의 와인을 생산하는 지역이 되었다. 보르도와인의 목표는 불리한 조건을 극복하고 떼루아의 특징을 가장 잘 표현하는 와인을 만드는 것이다. 다른 밭, 다른 품종, 다른 날짜에 수확한 포도와 오크통마다 다른 숙성 차이까지 여러 종류의 포도 원액을 섞어 만드는 브랜딩 기술로 해마다 일정한 품질의 와인을 생산하고 있다. 보르도와인의 오랜 전통인 브랜딩을 예술이라고 표현하는 이유이다.

보르도 지역의 대표적인 레드 품종 '까베르네 소비뇽'과 '멜롯'은 우리나라에도 잘 알려져 있는 국제 품종이다. 까베르네 소비뇽은 꽃을 늦게 피우기 때문에 봄철 서리로부터 피해를 적게 입고 껍질이 두꺼워 부패나 병충해에 잘 견딘다. 산도와 타닌 함량이 높고 풍미가 진해 복합적인 맛을 지니며 장기 숙성할 수 있다. 멜롯은 부드러운 타닌과 함께 부담 없이 마실 수 있는 와인을 만들기 좋다. 일찍 수확하면 알코올 도수가 낮고 보디감이 적으며 높은 산도를 지닌다. 잘 익은 딸기 같은 붉은 과일의

특성에 풀잎, 나뭇잎 향이 난다. 보르도에서는 주로 이런 품종의 장점을 조합해 와인을 만든다.

브랜딩의 핵심은 장점을 모으는 것이다. 장점들이 모이면 단점은 사라지고 새로운 장점이 생긴다. 쇼펜하우어는 "인간은 있는 그대로 보는 것이 아니라 보고 싶은 대로 본다."라고 했다. 서로의 잘못을 지적하거나 비판하지 말자. 상대의 장점을 인정해주는 '인간관계의 브랜딩'이 있다면 세상은 더 아름다워 질 것이다.

와인은 나라와 산지, 포도 품종, 와이너리, 수확 연도와 양조 방법 등 선택의 폭이 넓다. 예술에 비견되는 보르도와인의 브랜딩 기술, 양조자의 자부심, 그들의 노력으로 우리가 마시는 와인의 수준이 높아진 것은 분명하다. 하지만 그 수많은 와인을 모두 이해하고 구분할 필요는 없다.

이제 와인을 마실 때 격식 있게 마셔야 촌스럽지 않다는 생각은 버리자. 와인에 대한 지식을 쌓을 수 있으면 좋지만 편하게 와인 잔을 들고 호기심만 가져보자.

비싸고 유명한 와인보다 '내입에 맛있는 와인'을 찾아서 마실 수 있다면 우리의 식탁은 더 풍요로워질 것이다.

와인 패러독스의 시대 ——

기술의 발전은 19세기 산업혁명을 이끈 가장 강력한 동력이었다. 기계에서 시작해 전자 기술, 디지털과 모바일까지 이어져온 디지털혁명은 모든 산업의 발전을 이끌고 있으며 동시에 많은 분야에서 전통적인 질서를 허물고 있다. 오늘날 이것을 '파괴'라고 부르기도 한다. 찰스 핸디는 『패러독스의 시대』라는 책에서 기술의 발전과 같이 세상에서 일어나는 많은 일을 '패러독스'라고 불렀다.

와인 양조에 쓰이는 포도는 넝쿨 식물의 열매로 여러 종으로 나뉜다. 주로 유럽종 포도로 잘 알려진 샤르도네, 까베르네 소비뇽, 메를로 같은 '비티스 비니페라'와 미국 동부에서 자라는 식용 품종 '비티스 라부르스카' 등이 있다.

서로 다른 유럽종 비티스 비니페라와 미국종 비티스 라부루스카를 '결합(marrying)'해 두 가지 종의 장점을 취할 수 있는데 이렇게 만들어진 종을 '잡종 교배(hybrids)'이라 한다. 유럽 연합에서는 이런 잡종을 고급 와인 생산에 사용하지 못하게 하지만, 혹한이나 습기가 많은 환경에 잘 견디기 때문에 많은 나라에서 사용하고 있다.

'이종 교배(crossing)'는 종은 같지만 다른 품종끼리 결합해 새로운 품종이 만들어지는 것을 말한다. 이종 교배를 해도 그 자손이 반드시 부모가 가진 특징만을 물려받는다고 할 수 없다. 일단 이종 교배로 새로운 품종이 탄생되면 꺾꽂이를 통해서만 번식할 수 있고 이종 교배를 다시 할 수 없다.

잡종 교배와 이종 교배가 수정을 통한 유성생식으로 이루어지는데 반해 '복제(cloning)'는 원하는 특성을 지닌 묘목들을 꺾꽂이하는 무성생식으로 이루어진다. 사람의 조직세포를 떼어내 복제인간을 만드는 것처럼 똑같은 특성을 가진 묘목을 만들어내는 유일한 방법이 꺾꽂이해서 자라게 하는 것이다. 수세기 동안 이런 복제를 통해 적합하지 않은 품종은 제거되고 현재의 전통적인 국제 품종들이 만들어졌다.

와인 양조를 위해 중요한 포도의 특성은 수확량, 질병 저항력, 과일 캐릭터, 당도, 타닌과 산도 등이다. 포도의 씨도 사람처럼 모체의 유전 형질을 갖지만, 한쪽을 더 닮을 수도 있고 양쪽 부모가 지니지 않은 특성을 가질 수도 있다. 와인 양조자가 원하는 특성을 가진 클론(clone)을 택해 더 나은 품종을 개발하고 재배하는 이유가 여기 있다. 여러 세대를 거쳐 이상적인 클론을 개발할 때는 피노누아처럼 역사가 오래되고 우수한 특성을 가진 품종을 택하는 것이 중요하다. 하지만 정확하게 복제해도 예기치 못한 돌연변이가 생길 수 있다. 예를 들어 피노블랑과 피노그리 품종은 그들 고유 품종이 아닌 피노누아가 돌연변이를 일으켜 탄생한 것이다. 필자는 이를 '와인 패러독스'라 부른다. 이런 변화로 생기는 미묘한 차이를 '같은 품종 다른 클론'이라 하며 한 품종 내에서 특성이 뛰어난 새로운 클론이 나올 수 있다.

현대는 다양성을 인정하는 복합적인 사회다. 이질적인 것의 뒤섞임, 조화, 다양한 문화의 경계를 허물고 공존하는 퓨전의 시대. 기존의 장르를 파괴하고 새로운 장르를 만들어 내는 '변화의 패러독스'가 필요한 시대다.

QUINTA DA FOZ

와인도 인생도
기다림으로 더욱 빛날 수 있다 ——

모든 일에는 원인과 결과가 있다. 좋은 씨를 뿌려야만 좋은 열매를 거둘 수 있다. 영어 속담 "Everything has its seed"와 같은 말로 한자성어 '명불허전(名不虛傳)'과 일맥상통하다.

훌륭한 와인을 만들기 위해서는 좋은 포도를 재배하고 와인을 양조하는 기술이 필요하다. 좋은 포도를 생산하기 위해 노력했지만, 기상 악화나 잘못된 재배 방식 탓에 질 낮은 포도가 나오기도 한다. 좋은 포도를 사용했음에도 품질이 떨어지는 와인이 만들어질 수도 있다.

포도나무 수명은 길며 오래될수록 최상급 포도를 생산할 수 있다. 하지만 해가 지날수록 수확량이 줄기에 품질과 수익성을 고려해 보통 30년 주기로 새로운 포도나무를 심는다. 포도나무뿌리를 뽑아낸 포도밭은 3년 이상 휴경기를 가져야 지력을 회복할 수 있고, 어린 포도나무가 자라기 좋은 최적의 상태를 만드는 노력도 필요하다. 포도나무는 심은 지 3년이 지나야 첫 수확을 할 수 있다.

포도 수확은 품종, 날씨, 포도밭 상태에 따라 적당한 수확 시기를 기다리다가 포도의 당도와 산도가 이상적 균형을 이루었을 때 시작한다. 와인은 타닌, 산도, 당도가 높을수록 오크통이나 병 속에서 오래 숙성되면서 더 좋은 와인으로 만들어진다. 포도 재배와 와인 양조 과정에서 '기다림'은 중요한 변수다.

'진인사대천명(盡人事待天命, 사람이 할 수 있는 일을 다 하고 하늘의 명을 기다린다)'처럼 와인은 기다림으로 완성된다. '의려지망(倚閭之望)', 부모가 자식 오기를 애타게 기다리는 심정처럼 기다림은 흘러가는 시간에 기대와 의미를 두는 것이다. 섣달그믐날, 일 년의 마지막 밤이 지나면 새해가 밝아진다. 새해에는 새로운 변화가 필요하다. '과유불급(過猶不及)', 변화는 내게서 조금씩 시작된다. 남을 바꾸려 하지 말고 나를 바꾸자. 감정을 이기지 못한 나쁜 말을 자제하고 상대가 나를 이해하고 변화할 때까지 기다리자.

맛과 향이 없는 소주는 주로 울분을 토하고 싶을 때 마신다. 바로 원샷! 기다림이 필요 없다. 와인은 향과 맛을 즐기는 술, 기다림이 필요하다. 사람은 후각과 미각이 만족되면 부정적인 생각과 이야기를 하지 않는다. 즐겁고 행복한 이야기를 할 때는 와인을 마시자. 와인은 맛있는 음식과 분위기를 즐기는 술이다. 와인은 낯설고 어려운 외국 문화를 외워야만 즐길 수 있는 것이 아니다. 수많은 와인 이름, 지명, 품종의 지식을 외우기보다 와인의 향과 맛을 즐기는 것이 더 중요하다.

장미가 그토록 소중한 것은 장미에게 바친 시간 때문이라는 어린왕자에 나오는 이야기처럼 우리에게 와인이 소중한 것은 와인을 알기 위해 바친 시간 때문이다.

"동짓달 기나긴 밤의 한가운데 허리를 베어 내어 봄바람 이불 밑에 서리서리 넣었다가 고운 임 오신 날 밤이 되면 굽이굽이 펴리라."

지금은 곁에 없는 임에 대한 그리움과 기다림을 노래하는 황진이의 아름다운 시조처럼 와인도, 인생도 시간을 견디는 기다림으로 더욱 빛날 수 있다.

우리 같이 잘 살면 안 될까요? —

바이러스는 주로 생물의 질병을 일으키는 전염성 병원체의 일종으로 세포로 이루어져 있지 않아 생물은 아니다. 세균은 무생물, 대기 등에 존재하면서 생물과 무생물 모두에서 번식하지만 바이러스는 일정한 타액, 접촉 등에 의해 생물 간에서만 번식된다. 전 세계를 공포로 떨게 하고 있는 코로나바이러스(COVID-19)도 사람이 숙주인 셈이다. 스스로를 복제해 악의적 목적을 수행하는 악성 소프트웨어를 '컴퓨터 세균'이 아닌 '컴퓨터 바이러스'라고 부르는 것도 컴퓨터 사이에서만 전염되기 때문이다.

포도 재배 시 생기는 바이러스에 의한 박테리아성 질병은 장기적으로 심각한 문제가 된다. 와인 바이러스는 전염성과 내성이 강하며, 감염되면 포도나무를 모두 뽑아 버리거나 토양을 정화시키지 않으면 없어지지 않는다.

포도 껍질에 있는 폴리페놀 성분은 항암 및 항산화 작용과 혈청 콜레스테롤을 낮춰주는 역할을 한다. 와인 양조 과정에 생기는 아황산가스는 인체에 해가 안 될 정도로 소량이지만 박테리아 같은 미생물보다 더 작은 바이러스에는 치명적이 될 수 있다. 와인은 감염 초기 단계에서 인체 세포 내 바이러스 DNA 합성을 막아 바이러스 증식을 억제하고, 다른 세포로 바이러스가 퍼지는 것도 효과적으로 차단한다. 오늘 저녁 와인 한잔으로 코로나바이러스의 두려움을 이겨보자.

극과 극의 삶을 사는 두 가족의 이야기를 그린 영화 〈기생충〉. 다른 동물의 몸에 기생하여 영양분을 빼앗아 생활하는 기생충처럼 포도 재배에 악영향을 미치는 병충해와 질병이 있다. 나방의 애벌레는 봄철에 싹을 해치고 포도를 망치며 진드기는 포도 잎에 서식지를 만들어 식물의 성장을 방해한다. '가루 곰팡이균'이나 '노균병' 같은 '밀듀 곰팡이'는 포도나무의 모든 녹색 부분에 발생하여 잎을 떨어뜨리고 광합성이 안 되어 포도에 당분이 생기지 못하게 한다.

곰팡이성 질병인 '보트리티스 씨네이라'는 습기와 물기가 많은 곳에서 주로 생긴다. 덜 자란 포도 껍질을 썩게 하고 와인 향과 색이 옅어지게 만들어 수확량과 품질에 심각한 피해를 준다. 하지만 습한 아침과 건조한 오후라는 최적의 환경에 접하면 곰팡이와 와인의 공생으로 훌륭한 스위트와인이 만들어진다. 보트리티스의 미세한 필라멘트가 포도 껍질을 뚫고 포도 알맹이의 물을 빨아들여 당도는 높고 독특한 향이 가미된 건포도가 되기 때문이다. 보트리스를 귀한 곰팡이 '로블 롯'이라 부르는 이유다.

와인처럼 인간도 공생을 바란다. 하지만 공생이 어려워진 각박한 시대를 살고 있다. 자본주의 사회를 살아가고 있는 우리에게 '함께 잘 산다'는 의미는 무엇일까? 계급을 벗어나려는 욕망과 계급을 지키려는 욕망이 부딪히는 현실. 변화의 철학자 헤라클레이토스는 "우리는 똑같은 강물에 손을 씻을 수 없다."라고 했다. 빠르게 변화는 시대, 상생을 위한 생각의 변화가 필요하다. 생각은 질문하고 답하는 것, 새로운 단계로 나아가려면 새로운 질문이 필요하다.

같이 잘 살면 안 될까요? 진정 누가 기생충인가?

마음을 흔드는 매력적인 친구는 늘 가까이 있다 ——

'빈티지'는 포도를 수확한 해를 말한다. 일반적으로 더운 해에는 진하고 과일 풍미가 가득한 와인, 추운 해에는 거칠거나 가볍지만 우아한 와인이 만들어진다. 매년 안정적인 날씨, 기후 변화가 적은 지역에서는 일정한 품질의 와인이 생산될 수 있다. 반면 서리나 우박, 짧고 서늘한 여름, 수확기의 비 등 포도가 제대로 익지 못하는 위험이 있는 지역은 해마다 와인의 품질이 달라질 수 있기 때문에 '빈티지'가 매우 중요하다.

해마다 와인 품질과 스타일 차이가 있지만 미국, 호주처럼 완벽한 자연조건을 갖춘 신대륙은 유럽에 비해 빈티지가 별로 중요하지 않다. 유럽의 와인에 비해 복합적이고 깊은 맛은 조금 부족할 수 있지만, 최근 우수한 기술과 풍부한 자본으로 좋은 와인을 많이 생산하고 있다. 유럽의 샴페인이나 포트와인의 경우 특별히 품질이 좋은 해의 포도로 만든 와인만 생산연도를 표시해 '빈티지와인'을 만들기도 한다.

와인의 빈티지는 실망스러운 와인이 나왔을 때 소비자에게 알려주기 위한 것이었다. 하지만 포도의 작황이 나쁜 해에도 좋은 와인이 나올 수 있다. 최근 유능한 와인 양조가들이 자연의 불리함을 극복하고 포도의 작황과는 다른 결과물을 만들어내고 있다. 현대 양조학의 아버지로 불리는 에밀삐아노 교수는 "나쁜 빈티지는 없다. 어려운 빈티지만 있을 뿐이다."라고 했다. 포도 재배와 양조 기술의 발달로 불리한 자연여건 속에서도 좋은 와인을 만들어 낼 수 있게 된 것이다.

와인은 시간이 지나면서 변한다. 좋은 평가를 받은 빈티지들이 시간이 지나면서 기대 이하가 될 수도 있고 평범했던 와인들이 훌륭한 와인으로 변하기도 한다. 와인은 진화하기 때문에 처음 테이스팅 결과만으로 평가해서는 안 된다. 흘러가는 시간에 의미를 두고 기다리는 보람, 와인을 즐기는 행복이자 삶의 즐거움이다.

품질과 상관없이 수 세기 동안 필수 식료품이었던 와인이 이제는 여러 기호 식품 중 하나로 바뀌고 있다. 상술에 의해 값비싸고 유명한 와인만 쫓던 피상적인 와인 문화도 자유롭고 다양하게 즐기는 시대로 변하고 있다. 어떤 와인이 좋은 와인인지 아닌지는 상관없다. 그 와인이 마음에 든다면, 그것으로 충분하다.

단지 나쁜 빈티지와 좋은 빈티지로만 와인을 평가할 수 없듯 선입견을 버리고 내 주변의 사람들을 바라보자. 시간이 지나면서 시나브로 와인과 친숙해진 것처럼 세월이 지나면 그들 모두 나의 소중한 벗이 될 수 있다.

와인은 마음을 흔드는 매력이 있다. 마시면 마실수록 왜 그 맛이 나는 지 궁금하고, 알면 알수록 더 깊이 빠져든다. 만나고 돌아서면 또 생각나는 연인처럼.

시간을 기다리는 즐거움만 누릴 수 있어도 '인간관계의 빈티지'는 새롭게 변할 것이다. 내 마음을 흔드는 매력적인 친구는 늘 가까이 있다.

자연과 인간이 만들어낸 합작품, 아이스와인 ——

'추운 겨울! 아이스와인과 다크 초콜릿 어때요.'

처음엔 초콜릿의 카카오 성분으로 약간 쓰지만 아이스와인의 단맛이 이내 쓴맛을 수그러지게 한다. 아이스와인의 단맛과 초콜릿의 진한 맛이 혀를 통해 총총 바쁜 걸음과 꽁꽁 얼어버린 마음에 녹아내린다. 차갑지만 맑은 하늘이 많은 겨울에 제격이다.

최초의 아이스와인은 1794년 독일 남서부 프랑켄 지역에서 이른 서리에 얼어버린 포도로 만들어졌다. 포도의 수분이 얼어 있어 포도즙이 농축돼 당도와 산도가 높은 와인이 만들어졌다. 당시로는 경이로웠던 달콤함에 인기를 끈 아이스와인의 제조 기술은 독일의 전 와인 생산지로 퍼져나가 대중화됐다. 1800년대 중반 인근 라인가우 지역에서 비로소 '아이스바인(Eiswein)'이라 불리기 시작했다. 최근 지구온난화로 독일에서는 생산에 어려움을 겪고 있지만 1979년부터 캐나다는 매년 아이스와인을 생산하고 있다. 최근 몰도바를 비롯한 동유럽 지역에서도 가격 대비 훌륭한 품질의 아이스와인을 만들고 있다.

2000년 독일, 오스트리아와 후발주자 캐나다는 수 세기 동안 지속된 전통적인 방식을 지키기 위해 아이스와인에 관한 국제적 합의안을 만들었다. 아이스와인은 이듬해 2월까지 포도를 자연적으로 얼게 둬 영하 8도 이하로 내려갈 때 수확하는데, 사람이 손으로 직접 따야 한다. 포도즙의 당도는 32~46브릭스 정도이며 이러한 당도와 수확 조건을 만족시키지 못하면 별도의 등급으로 표시한다. 발효는 효모가 당분이 많은 환경에서 활발하게 활동할 수 없기 때문에 3~6개월 정도 천천히 일어나며, 알코올 도수는 7~10퍼센트, 리터당 160~220그램 정도이다.

아이스와인의 품질을 결정하는 중요한 요인은 '어떤 방식으로 포도를 얼게 하느냐의 차이'이다. 추운 날씨에 포도를 수확해야 하는 어려움, 동물과 새들이 포도가 얼기도

전에 먹어 버리거나 썩어버리는 문제까지 수많은 난관을 헤치고 나서야 비로소 아이스와인이 탄생한다. 호주와 미국에서는 포도를 산업용 냉동고에서 얼려 만들기도 하지만 차원이 다르다. 맛과 당도 면에서 자연 속에서 만든 아이스와인의 풍부한 향과 진한 맛을 따라올 수 없다. 자연의 신비함과 오묘함을 느끼게 해주는 좋은 예이다.

포도를 익게 하는 따뜻한 여름과 차갑게 얼릴 수 있는 겨울이 필요한 와인. 많은 기다림과 고통, 농축된 단맛과 짜릿한 산도가 함께하는 까다로운 조건이 필수인 아이스와인. 아픔이 있어야 기쁨이 크고, 추위가 있어야 따스함의 소중함을 아는 원리와 뭐가 다르랴.

불교의 연기론(緣起論)에선 모든 존재와 현상이 그 원인과 조건이 서로 관계하여 성립된다고 한다. 이처럼 우리 주변에서 우연히 일어나는 많은 일상에도 상관관계가 있다. 아이스와인 역시 미처 수확하지 못한 포도가 얼어 만들어진 오묘한 결과물인 것이다.

밀란 군데라는 대표작 『참을 수 없는 존재의 가벼움』에서 "인간은 가장 깊은 절망의 순간에서조차 무심결에 아름다움의 법칙에 따라 자신의 삶을 작곡한다."라고 했다.

삶의 어려운 현실에 부딪치게 되면 행복은 이미 소유한 실체가 아니라 추구해야 할 이상으로 변한다. 우리는 어떻게 행복에 다가갈 수 있을까?

긴긴 겨울 온몸을 때리는 찬바람에 움츠리지 말고 아이스와인 한잔으로 행복을 누려보자.

Part 2

잔을 흔들면 와인 맛이 좋아지는 것처럼

지금 모습대로 사는 것. 원하는 모습대로 되는 것. 그러기 위해 스스로 질문하고, 그에 답하기 위해 고민한다. 뜻밖의 우연한 만남이 우리의 삶을 전혀 다른 방향으로 끌고 갈 수도 있다. 와인 잔을 흔들면 와인 맛이 좋아지는 것처럼 우리의 인생도 흔들리면서 정신적 삶은 더 넉넉해지고 풍요로워질 수 있다. 그것이 인생이다.

환상의 식탁을 만들어주는 현악 삼중주 —

프랑스 국왕 루이 13세와 리슐리외 추기경 등 역사적 인물이 등장하는 『삼총사』는 17세기 프랑스와 영국을 배경으로 알렉상드르 뒤마가 쓴 소설이다. 원제인 'Les Trois Mousquetaires'은 세 명의 총사라는 뜻으로 여기서 '총사'는 총(머스켓)으로 무장한 왕실 호위병을 뜻한다. 일본에서 이 소설을 '삼총사'로 번역한 이후 한국에서도 똑같이 번역하여 사용하고 있지만 현재 한국에서 삼총사는 단짝으로 지내는 '세 친구'를 의미하는 말로 주로 쓰이고 있다.

한국 사람들은 숫자 가운데 유난히 '삼'을 좋아한다. 일상생활에서도 '삼세번'이라는 말을 많이 사용한다. 가위, 바위, 보를 해도 언제나 세 번 반복해서 승패를 결정하고,

회식 자리에 모인 사람들의 단결을 위하여 건배를 할 때도 삼창을 해야 직성이 풀린다. 우리나라 전통 스포츠인 씨름 등 대다수의 스포츠에서 승부를 겨룰 때도 3회(삼판양승)에 걸쳐 승부를 내는 경우가 많다.

후한이 멸망하고 위, 촉, 오 삼국이 정립한 뒤부터 진(晋)나라가 중국을 통일한 시기까지를 기술한 역사서 『삼국지』. 삼국지를 바탕으로 명나라의 나관중이 지은 소설 『삼국지연의(三國志演義)』. 이 책의 내용에는 유비, 관우, 장비 세 사람의 도원결의와 유비가 제갈량을 만나기 위해 세 번이나 찾아가는 삼고초려가 나온다. 솥발처럼 셋으로 나누어진 촉, 오, 위 삼국이 하나로 합쳐지기까지 조조, 손권, 제갈공명, 사마의, 조자룡 등 수많은 영웅호걸이 펼치는 흥미진진한 역사적 이야기. 여기에 나오는 '솥발 세 개' 전략은 제갈량이 유비에게 제안했던 것으로 촉나라가 강대국 사이의 불리한 환경에서도 힘의 균형을 유지하고 버틸 수 있게 한 유명한 전략이다.

오늘날 국가 권력을 입법, 행정, 사법으로 나누어 분담하는 삼권 분립과 상관관계가 적은 자산 세 군데에 고르게 투자를 해 위험을 분산하는 방법 등 정치와 경제의 여러 분야에서 활용되고 있는 '솥발 세 개 전략'도 숫자 삼과 관련이 있다.

와인을 테이스팅 할 때도 삼고초려의 마음으로 눈으로 보고, 코로 향을 맡은 뒤 입으로 맛을 보면서 와인의 색, 향, 맛 세 가지를 고려해야 한다. 술을 마시는 것(Drinking)은 음악을 듣는 것처럼 수동적으로 단지 감각을 즐기는 것이지만 와인을 시음하는 것(Tasting)은 계획과 의도를 가지고 면밀히 이루어지는 음미 행위이다.

(마이클 슈스터 『와인 테이스팅의 이해』 중에서)

와인 테이스팅이란 와인의 색, 향, 맛 세 가지에 집중하여 와인의 맛, 전체적인 균형, 마시고 난 뒤 느껴지는 여운까지 와인 속에 함축되어 있는 비밀을 한 겹, 한 겹 벗겨내는 삼단계의 과정이다.

시각은 와인의 색을 즐기는 기쁨을 누리고 여러 정보를 얻기 위해 필요하다. 미각은 비정신적인 영역에서 즐거움을 준다. 후각은 가장 흥미로운 단계로 와인의 복잡함, 함께했던 사람과 장소, 상황과 감정에 대한 기억을 생생하게 떠오르게 한다. 내 안에 새겨진 경험이 와인과 함께 연상되는 것, 맛과 향의 균형이 좋은 와인 한잔은 깊은 사유의 세계로 이끌어준다.

와인은 욕망이지 필요가 아니다. 마신다는 것은 필요에 의해 이뤄지는 것으로 마시는 행위의 목표는 생존이다. 흔한 일상에서 우리 몸이 마시기를 원하는 것이다. 시음(Tasting)은 우리 영혼에서 나오는 욕망이다. 시음은 쾌락을 목표로 하는 욕망으로 진지한 쾌락을 누리기 위해서는 시간 여유를 가지는 것이 중요하다. 필요는 '술에 취하면 된다.'라는 것처럼 별것 아닌 것으로 만족하지만, 욕망은 '이것이 무엇인지' 알려고 하는 것처럼 세밀하게 대상을 고르고 까다롭게 군다. 욕망이 절정에 이르는 것은 쾌락이 없는 상태, 새로운 것에 대한 목마름, 결핍 덕택이다.

(티에리 타옹 『와인의 철학』 중에서)

친구의 죽음, 실연의 아픔. 끊임없이 사랑하고 좌절하면서 느끼는 고뇌와 절망, 방황, 극복, 죽음까지 수용할 수 있는 삶에 대한 사랑. 이를 통해 불완전하지만 성숙한 인간이 되어가는 모습을 그린 소설 『페터 카멘친트』에서 헤르만 헤세는 말한다. "와인은 그가 사랑하는 사람들을 축제에 초대하고 그들에게 행복의 섬으로 가는 무지개의 다리를 놓아준다. 그들이 피로를 느끼면 머리 밑에 베개를 베어주며, 그들이 비애의 함정에 빠지면 친구처럼, 위로하는 어머니처럼, 조용히 정답게 안아준다. 혼란스러운 인생을 위대한 신화로 바꾸고, 큼직한 하프로 창조의 노래를 연주한다."

우리는 종종 자신의 이중적인 모습을 본다. '지킬 박사와 하이드'처럼 누구나 선악의 이중적인 면을 갖고 있다. 인간은 다양하고 모순된 인자가 따로 모여 형성된 총합에 불과하다. 하지만 모순적 인간과 이중적 인간은 확연히 다르다. 유혹이란 것은 늘 달콤하고 자극적이다. 내 속에 악의 자아가 자라날 때 그 자아를 죽이려 하기보다는 선한 자아가 힘을 얻을 수 있도록 노력해야 한다. 반면, 자신의 진짜 성향을 알고 있지만 자기 기만적 행동을 하는 사람이 많다. 이중적인 모습을 인정하고 살지, 모순적 삶을 살지, 판단은 자기 몫이다.

지금 모습대로 사는 것. 원하는 모습대로 되는 것. 그러기 위해 스스로 질문하고, 그에 답하기 위해 고민한다. 뜻밖의 우연한 만남이 우리의 삶을 전혀 다른 방향으로 끌고 갈 수도 있다. 와인 잔을 흔들면 와인 맛이 좋아지는 것처럼 우리의 인생도 흔들리면서 정신적 삶은 더 넉넉해지고 풍요로워질 수 있다. 그것이 인생이다.

우리의 삶은 얼마나 불안정한가? 상심 가득한 현실의 회의적인 일상들, 매일 반복되며 바쁘게 돌아가는 생활을 잠깐 정지시켜 놓고 마음의 여유를 찾을 필요가 있다.

평소 편하게 음식과 와인을 마실 때도 와인의 색깔, 향, 맛의 조화를 즐겨보자. 좋은 사람들과 맛있는 음식이 있는 자리에 어울리는 와인 한잔, 이 세 가지가 단짝으로 지내는 세 친구, '삼총사'이고 '세 솥발'이다.

더불어 와인의 색깔, 향, 맛의 트리오를 눈, 코, 입으로 즐길 수 있다면 환상의 식탁을 만들어주는 현악 삼중주는 항상 우리 곁에 흘러나올 것이다.

와인의 온도처럼
감정의 온도를 맞춰보자 ——

식물이 잘 자랄 수 있는 최적 온도, 최저 온도와 최고 온도 사이를 생육 온도라고 한다. 식물의 종류에 따라서 생육 온도의 차이가 있다. 최적 온도 안에서 온도가 높아지면 자라는 속도가 빨라져 꽃을 피우고 열매를 잘 맺을 수 있지만 온도가 너무 높아지거나 추워지면 성장을 멈추게 된다. 좋은 와인을 만들기 위해서는 포도의 성장에 필요한 낮 시간의 햇빛이 충분해야 한다. 포도 성장에 필요한 온도는 10~25도 정도로 28도가 넘어가면 수분이 증발하고 잎이 시든다.

와인은 기본적으로 열과 빛을 싫어하고 습도에도 민감해 보관 장소가 중요하다. 알코올 도수가 25퍼센트를 넘으면 미생물이 생존할 수 없기 때문에, 위스키 등 알코올 도수가 높은 증류주는 보관 온도나 기간에 크게 신경 쓸 필요가 없지만 와인은 그렇지 않다. 일반적으로 화이트와인은 10~15도, 레드와인은 15~20도, 그리고 샴페인은 10도 정도로 마시면 좋지만 반드시 정해진 법칙은 아니다. 가벼운 레드와인은 차게 하여 마실 수 있으며, 요즘 같은 더운 여름에는 화이트와인, 레드와인 모두 차게 마실 수도 있다. 다만 와인을 평가하기 위해 테이스팅 할 때는 온도가 너무 낮으면 향을 느끼지 못하므로 화이트와인도 너무 차게 해서 마시지는 않는다.

사람이 느끼는 환경의 온도는 반드시 그때의 기온과 일치하지는 않는다. 습도, 바람 등의 영향에 따라 느끼는 체감 온도가 다른 것처럼 와인에서도 온도만큼 습도도 중요한 역할을 한다. 실제로 와인을 장기 보관할 때 병을 눕혀 보관하는 것도 중요하지만 70% 전후의 습도를 유지하면서 보관하는 것이 더 중요하다.

사람과 사람 사이에 생기는 심리 작용, 기본적인 의사소통, 우연적 요소에 의해 만들어지는 인간관계 등 사람간의 만남에서도 감정의 온도 차이는 중요하다. 좋은 관계를 유지하기 위해서는 서로가 느끼는 감정의 온도가 비슷해야 하며 감정의 온도가 다르면 작은 오해로 큰 문제를 불러일으킬 수도 있다.

해외 출장을 자주 다니다 보면 저녁 식사 초대를 받게 되는 경우가 많다. 그들의 식탁에는 항상 와인을 준비해 마시는 여유로움이 있다. 식사 자리뿐만 아니라 일상적인 만남이나 업무적인 미팅에서도 자유로움 속에 시간을 두고 천천히 즐기는 여유와 낭만이 있다. 상대방이 내게 다가올 수 있도록 마음을 열고 기다려주는 여유, 서로 간의 차이 나는 감정의 온도를 맞춰주려는 배려와 노력이 느껴지는 경우가 많다.

이에 비해 우리는 어떤가? 너무 바쁘게 살아가는 건 아닌가? 좋은 사람과의 반가운 만남, 호감이 가는 이성과의 멋진 데이트, 업무적인 일로 가벼운 식사를 하는 자리에서 와인 한잔 마실 수 있는 기회를 만들어 보자.

음식과 와인에 맞는 적절한 온도만큼 그 자리에 모인 사람과의 감정적인 온도를 맞출 수 있는 여유와 노력. 그것만으로도 우리의 만남은 더 풍성해질 수 있다.

와인은
마시기 위해 있는 거잖아 ——

와인은 오픈해봐야 안다. 좋은 와인은 좋은 사람과 함께 마실 때 그 가치가 빛난다. 와인을 고르고 맛을 평가하는 지식이 많이 보편화되었다. 하지만 와인의 미세한 아로마를 구분하는 능력은 많이 마신다고 저절로 느는 것은 아니다. 다분히 타고난 후각과 미각이 있어야 하고 수많은 테이스팅 경험이 필요하다.

후각은 감정과 기억을 생성하는 부위와 연결돼 있어서 옛날의 기억과 감정을 불러온다. 어린 시절 맡았던 시골 퇴비 냄새를 맡고, 잊었던 어린 시절 추억이 기억나는 것처럼 후각 신경의 정보가 뇌로 전달되는 방식은 특별하다. 우리는 평소 먹고 마셨던 음식에 대한 경험과 기억을 갖고 있다. 이런 경험과 기억을 토대로 와인 품종 특징, 와인이 만들어지는지는 과정을 배우고 후각과 미각을 훈련하면 누구나 훌륭한 와인 전문가가 될 수 있다.

와인을 마시다 보면 와인 산지의 기후, 문화와 역사에 대해 알고 싶어진다. 와인을 통한 인연으로 사람을 만나고, 와인 산지의 역사적 배경과 영화, 음악, 미술, 문학에 관심을 갖는다. 현대 예술가들이 생산하는 작품은 너무나 다양하다. 현대미술이 오늘날 예술이 표현하는 수많은 형태를 대표하는 범주인 것처럼 '현대 와인'도 다양한 의미가 있다. 현대미술이 우리가 사는 세계의 문제를 고민하고 다시 생각하는 계기를 주는 것처럼 현대 와인도 우리 사회가 변화하는 방식에 적극적으로 대응한다. 와인은 단순히 먹고 마시는 술이 아니다. 다양한 문화와 진보된 과학 기술이 서로 영향을 미치는 글로벌 세계에서 새로운 정보와 인연을 만들어주는 문화의 단초이며 예술 그 자체이다.

"어리석은 사람은 인연을 만나도 인연인 줄 알지 못하고 보통 사람은 인연인 줄 알아도 그것을 살리지 못하며 현명한 사람은 옷자락만 스쳐도 인연을 살릴 줄 안다."

(피천득 『인연』 중에서)

와인과 함께 많은 이야기를 하면서 새로운 만남과 경험이 모인다. 와인은 술이지만, 자신을 표현하고 새로운 인연을 맺게 해주는 명함이기도 하다. 와인은 공부하면서 마시는 것도 좋지만, 와인과 함께하는 사람과의 만남이 더 소중하다. 값비싼 명품 와인도 함께 마실 친구가 없다면 자신이 가진 좋은 와인은 한 병도 없는 것과 마찬가지이다. 아무리 많은 와인을 가지고 있어도 마시지 않은 와인은 이미 자기 와인이 아니다.

어떤 결과를 만들어 내는 직접적인 원인을 인(因)이라 하고, 인과 협동하여 결과를 만드는 간접적인 원인을 연(緣)이라 한다. 와인의 경우 포도나무가 인이고, 포도를 재배하고 와인을 만드는 모든 과정의 노력을 연이라 할 수 있다. 아무리 인이 좋아도 연을 만나지 못하면 좋은 와인이 만들어질 수 없는 것처럼 아무리 좋은 와인도 좋아하는 친구, 가족과 함께 마실 수 없다면 진정 소중한 와인이 될 수 없다.

"와인은 마시기 위해 있는 거잖아. 아무리 고급스러운 와인이라도 와인은 사람이 마셔야 완성되는 거야."

(기바야시 신 『신의 물방울』 중에서)

와인은 소리로 마신다

와인에는 소리가 있다. 와인을 테이스팅 할 때 눈으로 보고 코로 향을 맡으며 입으로 맛을 보는 세 가지 단계를 거친다. 하지만 와인을 양조할 때 발효되면서 나는 소리, 와인을 오픈하는 소리, 스파클링와인의 기포가 올라오는 소리, 와인 잔을 부딪치며 마시는 소리, 와인에 대해 이야기하는 소리 등 와인의 소리에 귀 기울인다면 와인을 즐기는 기쁨은 더 커진다.

와인은 마시기 위한 것이다. 그러나 단순히 마시기보다는 시간을 두고 제대로 느낄 수 있다면 더 큰 즐거움을 누릴 수 있다. 와인 생산자는 생산 과정 동안 와인이 어떻게 변화되어 가는지 정기적으로 상태를 체크하고 브랜딩과 출시를 위해 와인을 테이스팅 한다. 바이어는 구매를 결정하기 위해 다양한 와인을 테이스팅 한다. 기자와 와인 전문가는 좋은 와인을 추천하기 위해 테이스팅뿐 아니라 와인의 품질을 구별하고 표현할 줄 알아야 한다.

마트나 아웃렛 등에서 와인을 살 기회가 많지만 와인에 대한 상세한 이야기를 들을 수는 없다. 많은 경험과 이해를 통해 삶이 풍요로워지는 것처럼 와인도 마찬가지이다. 마시는 와인에 대한 기억과 정보가 하나씩 쌓이면서 와인의 품질을 제대로 평가할 수 있게 된다.

인간은 삶 속에서 수많은 경험을 하지만 선택적으로 몇 개의 사건만을 기억한다. 각자 자기만의 독특한 방식으로 의미를 부여하고 해석하여 언어라는 매개체를 통해 표현한다. 이러한 이야기는 개인에 관한 이야기일 수도 있고 공동체 이야기일 수도 있다. 과거 경험 일 수도 있고 현재나 미래의 경험에 대한 이야기일 수도 있다.

많은 사람이 와인을 마실 때마다 와인에 대해 이야기하고 싶어 한다. 어떤 것을 이해하고 공감하게 되면 단지 그것을 감상하는 것 이상으로 즐길 수 있는 것처럼 소비자도 와인 지식을 가지고 제품을 구매할 수 있다면 더 큰 즐거움을 누릴 수 있을 것이다.

눈이 호강했다, 입이 호강했다는 말이 있다. 와인의 색을 감상하고 음식의 모양을 즐기는 것은 눈이 호강하는 것이고, 와인을 마시고 음식을 먹는 것은 입이 호강하는 것이다. 여기에 와인에 대한 이야기, 와인과 어울리는 음악을 같이 할 수 있다면 귀까지 호강하는 더 큰 만족을 느낄 수 있다. 세계 최고 와인 전문가 중 한 명인 영국의 제임스 존은 "좋은 음악은 우리가 느끼는 와인의 맛을 변화시킬 수 있다."라고 했다. 와인을 마실 때 음악을 들으면 와인의 맛을 더 잘 느낄 수 있다는 말인데 서로 다른 감각들이 모여 새로운 경험이 되고 더 큰 만족이 된다.

와인은 음악처럼 많은 이야기를 하고 싶어 한다. 어떻게 만들어지고 어디서 왔는지, 어떤 세월을 통해 숙성되고 이동되어 내 앞에 오게 되었는지, 그리고 오늘 마시는 와인을 선택한 사람의 이야기를 들으며 감동하고 즐거워한다. 음이 모여 아름다운 화음이 만들어지는 것처럼 와인의 색, 향, 맛의 풍미와 어울리는 와인의 소리는 새로운 감동의 맛을 만들어 줄 것이다.

와인은 소리로 마신다. 그래서 자신 앞에 있는 와인과 와인을 같이 마시는 상대에게 귀 기울여야 한다.

와인의 향기가 나는 사람 ——

와인을 평가할 때 가장 중요한 판단 기준은 와인의 향기다. 와인 향을 제대로 느끼려면 잔에 담긴 와인을 충분히 흔들어야 한다. 와인 향에는 포도의 품종에 따라 다르게 나는 포도 고유의 향 '아로마'와 숙성 과정에서 우러나는 향인 '부케'가 있다. 어린 와인에서는 주로 양조에 쓰인 포도 자체의 향이 나며 숙성을 거치면서 부드러워지고 균형을 이룬다. '에이징'과 '성숙'은 포도 품질과 양조 방법에 따라 다른 양태로 나타난다. 어떤 와인은 3년만 지나도 향이 시들해지는데 30년이 지나도 여전히 '영(young)'한 와인도 있다.

와인의 향을 맡을 때 제일 먼저 냄새가 깨끗한지 아닌지 와인의 상태를 확인해야 한다. 와인 상태가 안 좋을 경우

코르크로 인한 이상일 때가 가장 많다. 곰팡이 냄새, 젖은 종이 냄새가 난다. 산화 방지를 위한 이산화황이 너무 많이 들어가면 성냥 태운 냄새가 나기도 하고, 산화됐을 경우 캐러멜에서 나는 탄 냄새가 난다. 아세트산 박테리아와 산소가 접촉하면 매니큐어나 식초 냄새가 난다.

흔히 사람이 코로 감지할 수 있는 냄새는 30퍼센트 정도밖에 안 되며 경험이나 언어적인 표현을 통해서 나머지 70퍼센트를 더 느낄 수 있다고 한다.

"나와 남동생은 실제로 와인을 마시면서 옛날 경험들을 떠올린다. 옛날에 먹었던 프랑스 요리부터 예전에 읽었던 책, 어린 시절 즐겨 들었던 음악, 인상 깊게 봤던 그림 등이 내 안에 새겨져 있어 그것들이 와인의 맛과 함께 다시 연상되는 것 같다. 어릴 적 많은 경험을 했다는 것은 와인뿐 아니라 표현하는 사람으로서도 중요하다고 생각한다."

(아기 다다시 『와인의 기쁨』 중에서)

향과 맛은 지극히 개인적이다. 기억하는 향기와 맛의 종류 그리고 경험에 따라 다르게 표현될 수 있다. 함께 와인을 마시는 가족과 친구가 있다면 더 좋다. 같이 나눈

추억과 경험, 그렇게 만들어진 우리만의 이야기와 언어로 와인과 삶에 대해 많은 이야기를 할 수 있다.

인간다운 따뜻한 마음을 지닌 사람에게서 느껴지는 태도나 분위기를 사람 냄새라 한다. 꽃마다 향기가 있고 와인에도 다양한 향기가 있듯 사람에게도 사람 냄새가 있다. "꽃향기는 백 리를 가고 술 향기는 천 리를 가며 사람 향기는 만 리를 간다."라고 한다. 나만의 향기, 추억, 경험으로 와인의 다양한 향기를 느낄 수 있듯, 사람 향기도 그 사람의 느낌과 이미지로 다양하게 표현될 수 있다.

사람 사는 것은 다 같은데, 가끔 자신도 모르게 냄새만으로 사람을 나쁘게 평가하는 경우가 있다. "지하철 타는 사람 특유의 냄새가 있어." 영화 〈기생충〉 대사처럼 나 또한 누군가의 냄새에 얼굴을 찌푸렸을 수 있다. 누군가에게 나쁜 냄새가 나는 사람으로 비쳤을지도 모른다.

와인의 향기로운 아로마가 넘쳐나는 사람이 될 것인지? 코르크로 인한 이상이 생겼을 때나 와인이 산화됐을 때처럼 역겨운 냄새가 나는 사람이 될 것인지? 나의 향기는 나 자신이 만들 수 있다.

와인과 친구는 오래될수록 좋다? —

추억이 담긴 옛날 노래를 들을 때 울컥 감동하는 이유는 무엇일까? 사람마다 과거의 향수를 불러일으키는 연결고리가 있다. 추억은 늘 우리 곁에 있지만 그 시절로 다시 돌아 갈 수 없기 때문이다.

와인과 친구는 오래될수록 좋다고 한다. 친구는 공감의 대상이며 자신의 고민이나 갈등을 함께해 줄 수 있는 사람이 있다는 사실만으로 큰 힘이 된다. 오래된 와인을 마실 때의 감동이 있다. 하지만 좋은 와인은 오래된 와인이 아니라 숙성됐지만, 과일의 풍미가 살아있는 와인이다. 처음 만났을 때의 풋풋함이 있어 좋은 오랜 친구처럼 나의 외로움을 달래주는 와인의 아로마. 그래서 나에게 와인은 추억이다.

와인은 변화무쌍하다. 포도는 재배하기 까다롭고 와인을 양조하는 과정은 복잡하고 어렵다. 대개 병에 넣은 후 오래 숙성하지 않고 빠른 시일 내 마셔야 하는 와인이 많다. 주로 화이트와인은 레드와인보다 영(young)한 상태에서 병에 넣으며, 그전에는 온도가 조절되는 스테인리스 스틸 통에 보관한다. 이런 와인을 오랫동안 병 숙성을 하면 오히려 신선한 과일 향이 사라지게 된다. 바로 마셔도 좋지만 오랜 시간 숙성하고 보관했을 때 더욱 품질이 좋아지는 와인도 있다. 숙성하는 동안 서늘하고 어두운 곳에서 12~13도의 일정한 온도를 유지하는 것이 좋다. 와인은 생명력을 가지고 끊임없이 변화하기에 마시는 시기에 따라 각각 맛이 달라질 수도 있다.

"그 와인을 따는 순간이 특별한 순간이에요." 영화 〈사이드웨이〉에서 마일즈가 자신이 가장 아끼는 와인 1961년산 슈발 블랑을 특별한 순간에 마시려고 아껴두었다고 말할 때 마야의 대답이다. 삶의 힘든 시기를 겪고 있는 한 사람이 그 어려움을 극복할 수 있는 다른 길을 발견하는 과정, 와인을 비유해 삶의 딜레마에 빠진 한 중년 남자의 우울증이 치유되는 과정을 이야기한다. 관심과 이해를 갖고 보살펴주면 마침내 최고의 향과 맛을 선사하는 와인처럼 우리의 삶도 와인에 투영할 수 있다.

우리에게 특별한 순간은 언제인가? 글로벌 신용평가기관 '스탠더드 앤 푸어스'의 분석에 따르면 최근 세계적인 글로벌 기업들의 평균 수명이 15년 밖에 되지 않는다. 한국 역시, 자산 규모 100억을 넘긴 3만여 개 기업의 평균 수명이 17년이 안된다고 한다. 기업 수명이 갈수록 짧아진다는 것은 세상이 빨리 바뀌고 예측하기 힘들다는 얘기다. 변동성, 복잡성, 모호함이 지배하는 불확실성의 시대에 삶의 뒤안길에서 방황하고 있는 사람들. 비바람을 견디고 따스한 햇살 아래 익어가는 포도처럼 우리의 삶에 생명력을 불어넣을 방법이 필요하다.

"전 와인의 삶을 찬미해요. 당신이 아끼는 1961년산 슈발 블랑처럼 제맛을 한껏 뽐내곤 삶을 마감하죠. 최고의 맛을 선사한 후에!"

(영화 〈사이드웨이〉 중에서)

한 생명체가 포도밭에서 익어가는 모습, 와인이 만들어지고 숙성되는 오랜 세월만큼 인생의 등굽잇길을 이겨낸 사람들. 이것이 바로 와인의 가치이고 삶의 가치이다.

스타일을 알면
행복해질 수 있다 ——

와인 마시는데 공부를 해야 하나요?

아는 만큼 맛있게 마실 수 있다고 하지만 수많은 품종, 지역, 생산자와 브랜드까지, 어떤 와인을 골라야 할지 엄두가 나지 않는다. 아무리 비싸고 좋은 옷을 입어도 자신에게 어울리지 않으면 결코 좋은 옷이 될 수 없는 것처럼 자신에게 맞는 스타일을 찾아 입는 것이 중요하다. 와인도 마찬가지, 비싸고 유명한 와인보다 자신이 좋아하는 와인 스타일을 알아두면 많은 도움이 된다.

포도는 품종마다 색깔, 풍미, 질감이 다르며 제각기 고유의 특징을 가지고 있어 다양한 와인이 만들어진다. 하지만 와인을 단순히 품종이나 나라별로 분류하는 것은 의미가 없다. 와인 생산자가 포도 품종을 선택해 재배하고 와인을 양조하는 모든 것은 와인 스타일을 결정하는 과정이다. 포도를 재배하고 와인을 양조하는 방법에 따라 같은 포도 품종이라도 다른 스타일의 와인이 만들어지기 때문에 와인의 포도 품종을 아는 것만으로 그 와인이 어떤 맛이 나는지 완전히 알 수는 없다.

와인을 마시는 가장 좋은 방법은 즐겁게 마시는 것이다. 즐겁게 와인을 마시기 위한 첫 단계는 자신이 좋아하는 스타일을 찾는 것이다. 자신에게 맞는 와인을 찾는데 특정 지역, 생산자, 빈티지에 관한 조언이나 정해진 규칙은 중요하지 않다. 와인의 풍미, 질감, 보디감 같은 와인의 스타일을 파악할 수만 있으면 와인의 세계를 이해하는데 도움이 된다.

22세에 최연소 마스터 소믈리에가 된 '뱅상 가스니에'는 그의 책 『와인 테이스팅 노트 따라하기』에서 좋아하는 와인 스타일을 찾아 마시는 방법을 제안하였다. 화이트와인은 가볍고 파삭한 화이트와인, 활기차고 향기로운 화이트와인, 풍성하고 화려한 화이트와인으로 레드와인은 과일 맛이 많고 생기 있는 레드와인, 원숙하고 부드러운 레드와인, 진하고 농밀한 레드와인으로 와인의 스타일을 구분해 자신이 좋아하는 와인을 선택하는 것이다. 와인은 어렵고 배타적이라는 통념을 깨고 쉽고 재미있게 접근할 수 있게 해주는 좋은 방법이다.

그동안 우리는 와인에 더하여 삶, 그리고 세상 읽기의 어려움까지 처한 마당에 와인 한잔 마시기 위해 너무 많은 고민을 해온 건 아닐까. 와인을 마시는 즐거움도 와인을 마시며 얻어야지 그 자체가 목적이 되면 힘들고 어려워진다. 개인적인 취향, 경험이나 상황에 따라 와인 선택은 달라질 수 있지만 마셔서 즐거움을 얻을 수 있는 와인이어야 한다.

한 번도 경험하지 못한 와인을 마셔본 적이 있는가? 와인을 보고 와인의 향기와 맛을 느끼고 와인의 소리를 들어보자. 좋아하는 스타일의 와인을 찾아 마실 수 있다면 항상 새로운 경험을 할 수 있을 것이다.

와인과 삶, 인생에 대한 질문, 급변하는 세상, 새로운 시각으로 바라보는 와인… 인생도 와인도 자신의 스타일을 알면 행복해질 수 있다.

행복한 사람이 주는 와인이 맛있다!

Part 3

당신의 삶에 와인이 필요할 때

즐겁거나 힘들고 슬플 때 마시는 와인. 와인은 자신이 처한 상황과 분위기에 따라 다양하게 바뀔 수 있다. 일반적으로 음식과 분위기에 어울리는 와인만을 생각하지만 사람의 감정에 따라 함께 하고 싶은 사람이 있는 것처럼 와인도 그때마다 함께 하고 싶은 와인이 있다.

양해를 바라지 말고
용서를 구하자 ——

한해의 농사를 수확하고 가족, 친지들이 함께 모여 조상을 기리는 명절. 코로나바이러스가 기승을 부리던 2020년 추석은 예년보다 일찍 지나가 버렸다. 예년보다 추석이 빨랐던 이유는 작년 음력 8월부터 올해 음력 7월까지 윤달이 한 번도 없었기 때문이다. 해와 달의 주기 차이에 따라 양력은 1년이 365일이지만, 음력은 보통 1년이 354일로 양력보다는 1년에 11일씩 날수가 적다. 날짜와 계절의 차이를 조절하기 위해 있는 달이어서 무탈한 달로 여긴 윤달. 화장실 수리, 집수리, 이사 같은 일은 함부로 하지 않고 특별히 날을 잡아서 하는 풍습에도 불구하고, 윤달에는 일진도 안 보고 해도 상관없다고 한다.

프랑스의 부르고뉴를 비롯한 유럽과 외국의 와인 산지들은 일 년 동안 정성껏 키운 포도를 수확하고 와인을 만들기 위해 분주하게 움직이는 시기이다. 이러한 와인 재배와 와인 양조에도 달과 별의 움직임과 같은 형이상학적이고 우주적인 개념을 도입한 바이오다이나믹 철학이 많이 적용되고 있다.

바이오다이나믹은 오가닉이라는 개념에서 한 단계 더 나아가서 우주와 자연의 생태학적인 리듬이 땅과 모든 생물에 영향을 준다는 것이다. 바이오다이나믹 농법은 달과 별의 위치, 점성술적인 관측에 기반을 둔다. 별자리에 따라 과실의 날에는 농사를 시작하고, 뿌리의 날에 가지치기를 하고, 꽃의 날에는 농사를 쉬고, 잎의 날에는 포도에 물을 주는 등 우주의 바이오리듬에 따라 농사를 계획한다. 포도 생산량은 많이 줄어들지만, 맛은 더 농축되어 순수하고 진한 와인이 만들어지며 기후와 토양의 특징인 떼루아를 잘 표현할 수 있다.

최근 바이오다이나믹 인증을 획득하려는 와인 양조자가 증가하는 추세이다. 이로 인해 생물 다양성, 토양 비옥도, 작물의 영양분 등이 좋아져 포도밭은 훨씬 더 건강해지고 보다 우아한 향과 맛을 내며 여운이 긴 와인이 만들어

진다. 특히 기후 변화가 심한 유럽은 더욱 더 균형 있는 맛과 알코올 함량이 충분한 와인을 생산할 수 있다.

자연과 조화를 이루는 와인을 만들기 위한 바이오다이나믹 철학처럼 우리의 삶도 자연스러워진다면 어떨까? 자연스럽게 씨앗이 떨어져 열매를 맺고 시간이 지나 고목이 되듯이 내가 가다 머무는 그곳이 내가 자리해야 할 곳이다. 외롭다고 누군가에게 기대어도 아무도 날 위로해주지 않는다. 나를 이끄는 그 힘으로 나를 둘 수밖에.

"나는 세상에 존재하는 모든 것 하나하나에 집착을 느끼고 있다. 그뿐만 아니라 그 전부를 소유하고 싶은 것이다. 그러나 나의 손안은 텅 비어있다. 아무것도 소유하지 못한 채."

(시몰느 드 보봐르 『인간은 모두 죽는다』 중에서)

자신에게 충실하자. 나 자신에게서 도망가는 비겁한 행동은 하지 말고 나의 행동이 그 사람들에게 신성하게 느껴질 정도로. 하지만 누군가에게 상처를 주었다면 양해를 바라지 말고 용서를 구하자. 의미 있는 와인 한 병 들고 다 같이 마시며 진심으로 용서를 구해보자.

사랑도 와인처럼
시간이 필요하다 ——

고대 그리스의 철학자 플라톤은 "와인은 신이 인간에게 준 최고의 선물"이라고 했다. 즐겁거나 힘들고 슬플 때 마시는 와인. 와인은 자신이 처한 상황과 분위기에 따라 다양하게 바뀔 수 있다. 일반적으로 음식과 분위기에 어울리는 와인만을 생각하지만 사람의 감정에 따라 함께 하고 싶은 사람이 있는 것처럼 와인도 그때마다 함께 하고 싶은 와인이 있다.

"사람들이 원하는 것을 얻지 못하는 유일한 이유는 원하는 것보다 원하지 않는 것을 더 많이 생각하기 때문이다."

(『시크릿』 중에서)

사람은 누구나 행복을 추구하기 위해서 살아간다. 자신이 하는 모든 일은 결국 행복한 삶을 위함이 아닐까? 행복한 삶의 정의는 사람마다 다르지만, 필자에게 행복한 삶은 내면에서 느껴지는 감정을 끄집어내어 행동으로 옮기는 것이다. 감정은 우리가 무엇을 생각하는지 알게 해주는 멋진 선물이다. 2주마다 급여를 받으며 살지만, 걱정 없이 행복하게 사는 이들도 많다. 후회하지 않고 자기가 좋아하는 일을 하면서 즐기는 삶이 그들에게는 가장 큰 행복이다.

다른 삶의 방식에 대한 열망을 쫓는 일. 잃어버린 나와 만나는 마지막 순간을 이야기하는 소설 『리스본 행 야간 열차』의 이야기처럼 지금까지 자기가 살아온 삶과 다른 삶을 살아본다면 어떨까?

프랑스의 부르고뉴를 비롯한 유럽의 유명한 와인 산지는 해마다 기후 변화로 인해 포도 재배에 많은 어려움을 겪는다. 포도의 품질이 와인 양조에 영향을 미치기도 하지만 오히려 포도의 품질이 안 좋은 해의 와인이 와인 양조자의 노력으로 더 좋은 와인으로 만들어지는 경우도 있다. 와인처럼 우리의 삶도 원하는 것을 생각하고 온 힘을 다해 집중하면 어려움을 극복하고 새롭게 변화할 수 있다.

프랑스 부르고뉴 지역 포도밭의 사계절을 아름답게 보여주는 영화 〈부르고뉴, 와인에서 찾은 인생〉은 10년 만에 만난 삼 남매가 자신들의 와인을 만들면서 서로를 진정으로 이해하는 과정을 그린 영화이다. 영화에서 주인공 장은 와인처럼 빛나는 삶을 살 것인지, 아버지가 자신에게 부여한 삶을 이어갈 것인지 고민하고, 아내와의 갈등 속에서 '사랑도 와인처럼 시간이 필요하다.'는 의미를 깨닫게 된다.

와인을 마시는 것은 그 와인을 만든 사람을 이해하는 것이며 그 지역의 문화와 역사를 이해하는 것이다. 많은 어려움을 겪고 수확의 기쁨으로 분주한 전 세계의 와이너리는 매년 새로운 와인을 만들기 위한 노력한다.

질풍노도의 시기, 비 바람이 불어 천지가 무너져버릴 것 같고 태풍이 할퀴고 간 상처에도 다시 꽃이 피고 열매가 맺힌다. 포도를 재배하고 적절한 수확 시기를 고민하고 긴 숙성의 시간으로 만들어지는 와인처럼 우리가 추구하는 삶에도 생각을 바꿔 모든 상황과 사건을 완벽하게 바꿀 신념이 필요하다.

평범한 식탁을 특별하게 만드는 와인 ——

유럽인들은 좋은 와인과 함께 어울리는 음식을 먹는 것을 생의 큰 즐거움으로 여긴다. 와인을 음식에 맛을 더해주는 '소스'로 표현할 정도로 와인과 음식의 조화를 중요하게 생각한다.

와인과 음식의 조화는 무게감, 향, 질감, 당도, 산도, 타닌, 알코올 등의 균형을 고려해야 한다. 타닌, 산도, 알코올, 당도가 많거나 오크 숙성을 많이 한 와인일수록 무게감이 있으며 이렇게 풍미가 진하고 농축적인 와인은 무게감이 느껴지는 음식에 잘 어울린다.

와인과 음식의 조화에는 몇 가지 원칙이 있다. 타닌이 풍부한 와인은 육류나 질감이 풍부한 음식에 적합하다. 산도가 높은 와인은 기름진 음식과 깔끔한 조화를 이루며, 당도가 있는 와인은 달거나 매운 음식에 잘 어울린다. 알코올이 높은 와인은 가벼운 음식에 좋지만, 자극이 강한 매운 음식에는 적합하지 않다. 탄산이 있는 와인은 다양한 음식과 잘 어울린다. 하지만 가장 중요한 원칙은 와인과 음식 중 어느 한쪽이 너무 두드러지거나 압도하지 않게 하는 것으로 음식의 주재료와 와인의 무게감, 음식의 조리 방법과 와인의 스타일, 음식에 들어간 소스와 와인의 풍미 등을 구체적으로 고려해야 한다.

화이트와인은 채소와 생선 요리, 레드와인은 육류에 잘 어울린다. 채소의 주성분은 탄수화물 외 무기질, 단백질, 비타민 등으로 맛이 담백해서 화이트와인과 잘 어울린다. 레드와인은 타닌이 있어서 육류와 잘 어울린다. 와인과 음식의 조화 중 가장 오래되고 중요한 원칙이다. 그렇지만 자신이 선택한 와인이 자신이 좋아하는 음식과 어울리지 않는다고 하여 함께 마시면 안 된다는 법칙은 없다.

최근 세계 각국의 음식과 퓨전 요리가 널리 퍼지고 있으며 와인의 스타일도 진화하고 있다. 와인의 맛은 지역, 빈티지, 메이커, 숙성 단계 등에 따라 다양한 차이가 있

WARSTEINER
WARSTEINER

다. 또 음식도 만드는 이의 손맛에 따라 민감한 차이가 있다.

이제 화이트와인은 생선과 레드와인은 육류와 마셔야 한다는 통념은 버리자. 다양한 고기와 생선 요리를 먹을 수 있는 오늘날, 참치처럼 살집이 풍부하고 신선한 생선 요리에는 가볍고 활기찬 레드와인이 환상적으로 어울린다. 닭고기는 육류지만 고기 사이에 지방이 없고 담백해서 가벼운 화이트와인이 좋고 조리 방법의 차이에 따라 프라이드치킨은 무겁고 오크 특징이 있는 화이트와인이 더 잘 어울린다.

와인과 음식을 조화롭게 하는 방법에 옳고 그름을 가릴 수는 없다. 단지 제안하고 의견을 낼 수 있을 뿐이다. 오늘 저녁 식사 자리에 어울리는 와인 한잔 마시는 여유를 가져보자. 잘 선택한 와인은 집에서 먹는 평범한 식사조차도 특별한 순간으로 바꿔놓을 것이다.

고단한 하루를 마치고 마시는 와인 한잔의 여유 ——

많은 사람이 술을 마신 다음 날 숙취로 인한 두통을 호소한다. 특히 와인을 마시면 더 많은 두통을 느낀다고 이야기하는 사람이 많다. 사실 어느 술이든 많이 마시면 숙취가 생길 수밖에 없다.

포도의 껍질 속에는 와인 제조와 보관 과정에서 방부제 역할을 하는 타닌과 당분, 몸이 알레르기 반응을 일으킬 때 분비되는 화학물질인 히스타민 등이 있다. 히스타민과 포도의 타닌 성분이 어우러져 두통을 유발한다. 또한, 와인의 설탕 성분이 체내에 들어가면 우리 몸은 혈액 내 당도를 낮추기 위해 다량의 수분을 필요로 하는데 이때 수분 공급이 이뤄지지 않으면 과다 당분 부작용으로 두통이 올 수도 있다. 수분은 혈중 알코올의 농도를 낮춰주고 당분은 간의 해독에 꼭 필요하다. 수분과 당분, 둘 다 만족하는 안주로는 과일이 좋다.

와인 생산국으로 가장 유명한 프랑스는 건배를 제의할 때 가족, 지인, 사랑하는 사람의 눈을 서로 쳐다보며 '상떼(santé)'라 외친다. 상떼란 프랑스어로 건강을 의미한다. 술이 건강에 해롭다는 일반적인 인식이 많지만 아이러니하게도 와인은 건강과 밀접한 관계가 있다. 중세시대 유럽에서 포도원을 소유하고 관리했던 수도원의 수도승은 일반인보다 와인을 자주 접할 수 있었기 때문에 장수했다고 한다.

1991년 CBS 방송국의 인기 뉴스 쇼에서 프랑스인은 육류, 버터, 치즈 등 포화지방 섭취가 세계에서 가장 높지만, 그들이 자주 마시는 레드와인이 심장병 및 심혈관 질환을 낮추는 데 도움이 된다는 '프렌치 패러독스'를 방영했다. 이로 인해 미국에서 레드와인 구매가 급격히 늘어났고 동시에 전 세계로 와인 소비가 증가되었다.

포도의 껍질, 씨, 오크통에서 우러나오는 페놀 화합물의 일종인 안토시아닌이 우리 몸의 활성산소를 제거하는 항산화제 역할을 해 우리 몸이 산화되는 것을 방지한다. 따라서 적정량의 와인 섭취는 혈액 순환을 방해하는 콜레스테롤을 낮추고 고혈압이나 동맥경화를 줄이는 데 도움이 된다.

최근 저녁 식사 자리나 모임에서 가볍게 와인 한잔 즐기는 문화가 많이 보편화되고 있다. 이제 와인은 경제적 여유가 있어서 마시는 단순한 술이 아닌 정신적으로 풍요롭고 육체적으로 건전한, 문화적 삶을 이야기하는 웰빙의 개념이 되었다. 돈이나 출세에 연연하는 것보다 일상에서 느낄 수 있는 작지만 확실하게 실현 가능한 행복, '소확행(小確幸)'의 하나가 된 것이다.

오늘 저녁, 자신의 취향에 맞는 와인을 한번 골라보자. 노을 질 무렵, 피곤함에 찌든 일상을 벗고 와인 한잔 마셔보자. 여행이나 낭만적인 자리에 빠질 수 없는 와인 한잔의 추억도 좋지만, 고단한 하루를 마치고 마시는 와인 한 모금. 그렇게 느끼는 여유와 행복도 좋다.

Enoteca
Wine Shop

Chez
Lapin
44
42
40
CHEZ
LAPIN
OPEN
Welcome

다 같이 행복한 세상을 꿈꾸며 ——

19세기 말 북미 지역의 뿌리해충 필록세라가 유입되면서 프랑스를 비롯한 유럽 포도밭은 엄청난 피해를 보았다. 이후 이탈리아나 스페인산 건포도에 설탕과 물을 섞는 등 원산지를 속이는 '가짜 와인'이 판을 치면서 실추된 프랑스 와인의 명성과 가격을 회복하기 위해 만들어진 것이 원산지 표시 제도이다. 1935년 시행된 이 제도는 포도의 생산 지역, 품종 등 와인 품질 요건 전반에 대한 규정을 법률로 정했다. 이후 다른 유럽 국가도 유사한 제도를 도입하면서 유럽 와인이 국제 와인 시장을 지배하게 되는 버팀돌이 되었다.

하지만 최근 미국, 호주 등 신대륙 국가의 와인 품질이 높아지면서 유럽 와인 생산자를 위협하고 있다. 품질 유지를 위한 까다로운 규정으로 오히려 신대륙 와인과의 경쟁에서 밀리게 되는 시대적 변화에 직면하게 된 것이다. EU는 유럽 국가의 와인 산업을 보호하기 위해 여러 시책을 시행하고 있으며 유럽 주요 와인 생산국의 와인 규정이 수정, 변화되고 있다.

세상은 '규율 사회'에서 '성숙 사회'로 변하고 있다. 규율 사회는 규격화된 개인, 각자 생산성에 따라 매겨지는 등급, 금지를 통한 규제를 중심으로 돌아간다. 성숙 사회는 정신적 풍요와 생활의 질적 향상이 제일 먼저 되는 평화롭고 자유로운 사회다. 함께 살아가는 데 필요하지만, 보는 사람이나 제재가 없으면 쉽게 어기게 되는 규율은 효력이 약해진다. 사회 통념, 기존 가치관을 부정하고 인간성 회복, 자연 귀의를 주장하며 완전한 자유를 추구하는 성숙한 시대가 필요하다.

와인 발전에 중요한 역할을 했던 등급 제도는 변화에 적응해야 할 시기에 직면했다. 최근 형식에 얽매이지 않고 자유롭게 만드는 좋은 와인이 많이 생산되고 있으며 새로운 트렌드를 만들고 있다.

캘거리 대학 스틸 교수는 행복감이 높은 문화의 대표적

특성으로 개인주의, 낮은 '권력 거리감(power distance)', 낮은 '불확실성 회피(uncertainty avoidance)'를 꼽았다.

개인의 고유한 생각과 의지를 존중하는 개인주의 문화는 소중하다. 타인이나 집단의 목표에 따라 사생활이 침해되지 않고 어떤 선택도 집단의 의지가 아닌 개인의 의사 표현으로 결정되어야 한다. 힘의 불공정한 사회적 분배에 대해 문화 구성원들이 무의식적으로 받아들이는 태도를 말하는 '권력 거리감'이 높을수록 행복도가 낮으며 갑질 현상이 잦다. 불확실한 상황으로 인해 위협을 느끼는 불편함과 불확실성에 대한 회피 성향이 클수록 행복감은 낮아진다. 19세기 말 가장 문명화되었던 나라 영국. 하지만 노동자의 삶은 비참했다. 사회 구성원 모두가 행복하지 못한 풍요로움이 무슨 소용이 있을까?

질풍노도 청년기를 거쳐 성숙한 한 사람이 되듯 사회의 가치도 변해야 한다. 시간이 지날수록 향과 풍미가 더해지는 와인처럼 생활의 질을 중시하고 정신적 가치를 소중히 한다면 우리 삶도 성숙해질 것이다.

그 날을 기다리며 ——

미국 펜실베이니아주 로제토는 이탈리아 이주민이 터전을 잡은 작은 마을이다. 이 마을에서 17년 동안 일한 의사 벤저민 팰컨은 65살 미만 주민 가운데 심장병 환자를 만난 적이 없었다. 1935년부터 30년간 환경 조건이 비슷한 주변 마을보다 로제토 주민 사망률이 35%나 낮은 원인을 지역적 특성, 유전적 요인, 식생활 습관, 운동량과 같은 요인에서 찾았지만 로제토 주민들은 흡연과 음주도 많이 하고 비만인 사람도 많았다. 이탈리아의 전통대로 음식과 와인을 나누어 마시며 자주 어울리고, 경제적으로 어렵고 힘든 생활 속에서도 서로 존경하고 협조하면서 살아가는 확장된 가족 집단이 장수의 비결이었다.

사람의 사망위험도는 건강에 좋은 식단을 실천하면 20퍼센트, 적당한 운동은 20~30퍼센트, 가족 및 친구와 튼튼한 지원망을 형성하면 45퍼센트까지 낮아진다고 한다. 혼자 살면서 건강식을 챙겨 먹고 열심히 운동하는 것보다 적당히 기름진 음식과 와인을 즐기면서 친구, 가족과 즐겁게 보내는 사람이 훨씬 더 장수할 확률이 높다. 실제로 '로제토 효과'는 경제적으로 부유해진 젊은 세대가 이웃 간 교류보다 울타리가 세워진 쾌적한 단독 주택에서 독립적인 삶을 살면서 1970년대 말 이후 완전히 사라졌다. 서로 존중하고 협조하던 전통적 생활 방식이 사라지면서 동시에 건강도 잃게 된 것이다.

프랑스의 세계적인 유명 작가이자 철학자 '알랭 드 보통'은 애정 결핍, 속물근성, 지나친 기대, 능력주의, 불확실성 등이 불안을 가져온다고 했다. 불안이라는 감정 앞에서 모든 인간은 본능적으로 움츠러든다.

구글의 피플애널리틱스(people analytics) 부서는 2015년 11월, 높은 성과를 내는 팀의 비밀을 확인하기 위한 흥미로운 내부 프로젝트 결과를 공개했다. 심리적 안정감이 높은 성과를 가능하게 하는 요인들(높은 팀원들 간의 상호 의존성, 명확한 업무 구조와 역할 배분 등)을 촉진한다는 것이다.

사회가 발전하면서 공동체가 해체되고 사랑과 정서적 지원을 제공할 수 있는 지지 체계가 없어지고 있다. 민족의 가장 큰 명절인 설날에도 가족이 함께 모이지 못하는 힘든 현실. 이 마당에 와인 한잔 같이 마시자고 모이는 일은 상상도 할 수 없다.

영업시간 제한과 사적 모임 금지로 모두가 힘든 시기지만 와인 소매의 경우 혼술, 집술이 대세가 되면서 오히려 매출이 늘어나고 있다. 하지만 마냥 기뻐할 수만은 없다. 가족으로 국한된 정서적 지원의 한계, 마음을 터놓을 수 있는 지인과 함께 마시며 웃고 떠드는 심리적 안정감을 더 이상 누릴 수 없다면 우리 모두 심각한 심리적 상처를 겪을 수밖에 없다.

그치지 않는 비를 본적이 있는가? 코로나바이러스로 정상적인 만남이 어려운 시절이지만 언젠가 다 같이 모여 와인 한잔 할 수 있는 날이 올 것이다. 와인 잔을 부딪치며 웃고 떠들 수 있는 그날을 기다리자.

보졸레와인의 행복 ——

'보졸레누보'의 열풍이 잦아들고 있다. 매년 11월 셋째 주 목요일 전 세계로 출시되는 햇와인을 보졸레 크뤼 생산자들은 그리 달가워하지 않았다. 장기 숙성 가능하고 품질이 뛰어난 와인이 보졸레 누보의 그늘에 갇혀 값싸고 가벼운 와인으로 전락한 것에 대한 아쉬움 때문이다.

'보졸레와인'의 이름은 중세 도시 보죄에서 유래되었으며 보졸레, 보졸레 빌라쥬, 보졸레 크뤼로 분류한다. 프랑스 보졸레 지역을 대표하는 품종 가메는 껍질이 얇고 딸기, 체리 같은 붉은 과일의 맛을 가지고 있다. 포도를 압착해 발효하는 일반적인 방법과 달리 품종의 특징을 살리기 위해 으깨지 않은 포도송이를 줄기 채 넣어 만드는 탄산

침용 방법(macération carbonique)을 사용해 타닌이 낮고 가벼운 스타일의 와인이 많이 생산된다. 하지만 10개 크뤼 마을에서는 발효 온도를 높이고 시간을 늘려 타닌이 진하고 잘 익은 블랙베리 향이 나는 장기 숙성 와인이 만들어진다.

남쪽으로 내려가면서 성스러운 사랑을 뜻하는 생 따무르(Saint-Amour), '줄리우스 시저'의 이름에서 유래된 줄리에나(Juliénas), 야생 장미향과 우아한 타닌을 가진 가장 작은 마을 쉐나(Chénas), 풍차에서 유래된 이름을 가진 물랭 아방(Moulin-à-Vent), 부드럽고 우아한 풍미를 지녀 가장 여성적인 플뢰리(Fleurie), 가장 고도가 높은 밭에 있어 아로마가 독특한 시루블(Chiroubles), 타닌, 감초, 흙의 풍미가 강해 가장 남성적인 모르공(Morgon), 가장 늦게 크뤼가 되었지만 과일 향이 풍부하고 내추럴와인이 많이 생산되는 레니에(Régnié), 강건하고 생동감 있는 꼬뜨 드 부루이(Côte de Brouilly), 가장 넓은 포도밭에 과일 맛이 좋은 부루이(Brouilly) 등 기복이 있는 화강암 언덕에 자리 잡은 10개의 크뤼마다 타닌, 구조감, 과일 풍미와 더불어 고유의 개성을 지닌 와인이 만들어진다.

저명한 와인 평론가 젠시스 로빈슨은 "보졸레와인은 현

재 세계에서 가장 관심을 두어야 할 와인이다."라고 했다. 보졸레와인의 부흥을 꿈꾸며 훌륭한 와인을 만들기 위해 노력하는 그들의 열정이 결실을 거두며 진가가 알려지고 있는 것이다.

행운은 타고난다고 한다. 하지만 행복은 노력에 의해 이룰 수 있다. 영국의 유명한 와인 작가이자 마스터 오브 와인 팀 아컨스는 "보졸레와인은 내가 볼 때 가장 저평가된 와인이다"라고 했다. 품질에 비해 저평가되고 잘 알려지지 않았던 와인을 노력으로 알린 보졸레와인. 이제 타고난 DNA와 노력으로 진정한 가치를 인정받고 있다.

힘들고 어려운 시절을 극복하는 노력이 있어야 자신이 가진 가치를 빛낼 수 있는 것처럼 참고 견디는 힘이 필요하다. 이제 상술에 부화뇌동하며 잘 알려진 와인만 마시던 시대는 지났다. 와인처럼 세상일도 잘못된 광풍이 잦아들고 성실하게 노력하는 사람이 잘 사는 세상이 되기를 기대한다.

겨울나기 ——

차가운 바람이 코끝을 스친다. 예상하지 못한 어려움에 모두가 힘든 계절이지만 겨우내 먹을 김치를 담그고 땔감과 따뜻한 옷을 챙기며 오순도순 겨울나기를 준비한다.

포도 재배에서 겨울은 중요한 계절이다. 포도 수확 후 와인 양조 다음으로 가장 중요한 것은 포도밭을 깨끗하게 정리하는 일이다. 색이 바래 진 포도나무 잎은 첫서리가 내릴 때 떨어지고, 포도나무는 수액이 줄어들며 이듬해 봄까지 성장을 멈춘다. 비생산적인 포도나무는 뽑아낸 후 다른 나무를 심어야 하고 경사지로 내려간 토양도 다시 쓸어 와야 한다. 가을철 쟁기질로 골고루 섞어 준 흙을 포도나무 밑동에 덮어주어 겨울철 서리 피해를 방지한다.

프랑스 부르고뉴를 비롯한 유럽의 경우 1월에 주요 가지치기를 시작한다. 겨울철 가지치기의 첫 번째 목적은 다음 해 수확을 위해 '새로 돋아 날 싹', 슈츠(shoots)를 선택하는 것이다. 겨울이 지나 어느 정도 자란 슈츠는 갈색의 가지로 변하는데 이것을 케인(canes)이라 부르며 이 가지에서 포도송이가 자란다. 두 번째 목적은 포도 가지에 달린 싹의 수를 조절해 수확량과 포도의 품질을 높이는 것이다. 가지치기는 포도나무마다 다르고 와인 생산자의 목적에 맞아야 하기 때문에 포도밭에서 일어나는 작업 중 가장 전문적인 일이다.

유난히 추위가 기승을 부리는 겨울, 몸과 마음을 데워줄 따뜻한 겨울 음료를 만들어 마셔보자. 겨울이 매우 추운 북유럽이나 독일에서 원기 회복과 감기 예방을 위해 약으로 마시면서 유래된 '뱅쇼(Vin Chaud)'는 'Vin(포도주)'과 'chaud(따뜻한)'가 합쳐진 말로 '따뜻한 와인'이라는 뜻이다. 영어로는 '멀드와인', 독일어로는 '글루바인', 북유럽 국가에서는 '글뢰그'라고 한다. 와인에 계피와 과일을 넣고 끓여 먹는 뱅쇼가 추위와 감기에 효과가 있는 까닭은 레드와인에 들어 있는 타닌, 안토시아닌 등의 폴리페놀 성분이 항산화 작용을 해 젊음을 유지하고 면역력을 키우는 효과가 있기 때문이다. 냄비 뚜껑을 열고 끓이기 때문에 알코올이 증발해 일반 와인보다 5도 정도 낮아진다. 술을 잘 못 마시는 사람도 부담 없이 마실 수 있다. 독일에서는 레드와인을 주로 사용하지만 북부 이탈리아에서는 화이트와인, 오스트리아에서는 두 가지 모두 사용하기도 한다.

원하지 않은 어려움에 익숙하지 않은 외로움까지 닥친 겨울. 인간에게 외로움은 가장 치명적인 고통이다. 하지만 고통은 상처와 어려움만 주는 것이 아니라 아름다움을 허락하기도 한다. 사람은 아무것도 할 수 없을 때 가장 힘들다. 하지만 또 다른 꿈을 꿀 때 다시 행복해질 수 있다. 더불어 다른 이의 아픔도 돌아 볼 수 있는 아름다운 겨울나기가 필요하다.

찔레꽃 향기가 너무 슬픈 이유는 꽃이 지기 때문이다. 더 큰 추위가 오지 않기를 바랄 수밖에 없는 시절. 포기하지 않고 견뎌야 일상의 행복을 찾을 수 있다. 정말 좋은 것은 모르는 듯 아는 듯 천천히 온다.

거리두기 ——

코로나바이러스 확진자가 급증하면서 전염병의 지역 사회 감염 확산을 막기 위해 사람들 간의 거리를 유지하자는 캠페인 '사회적 거리두기'가 한창이다. '거리두기'는 독일의 극작가 브레히트가 〈연극론〉에서 희극의 효과인 카타르시스를 설명하기 위해 제시한 개념으로 "개인이 자신과 문제, 감정과 사고, 현실과 이상 등의 사이에 거리를 유지하며 바라보는 현상"을 말한다.

와인을 만들기 위한 포도 재배에도 '거리두기'가 필요하다. 법으로 정해 놓은 나라도 있고 그렇지 않은 경우도 있지만, 포도나무를 심는 방법은 수확량을 어느 정도로 할 것인지 포도 재배나 수확기에 어떤 기계를 사용할 것인지에 따라 달라진다.

포도나무는 보통 헥타르 당 3,000그루에서 15,000그루 정도 심는다. 프랑스 보르도 지역은 재배 밀도가 높으며, 땅에서 복사되는 열을 받기 위해 낮은 철사줄을 따라 포도가 열리도록 식재한다. 부르고뉴 지역은 재배 밀도가 헥타르 당 12,000그루로 전 세계에서 가장 조밀하게 포도나무를 심는 지역이다. 두 지역 모두 전 세계적으로 가장 훌륭한 와인을 생산하는 지역이다.

포도나무를 빽빽하게 심으면 이웃한 포도나무와 생존 경쟁하며 뿌리가 땅속 깊이 더 내려가 다양한 토양의 영양분을 섭취하게 된다. 밀도가 높아질수록 포도나무는 스트레스를 받지만, 결과적으로 응집력이 생겨 더 좋은 열매를 맺게 된다. 포도나무는 토양이 비옥하거나 비료를 많이 주면 포도보다 잎과 줄기만 무성해진다. 척박한 토양, 이웃한 포도나무와의 생존 경쟁, 부족한 물 등 스트레스를 받을 때 종족 보존의 본능으로 포도에 영양분을 보내는데 집중한다. 덜 익은 포도송이를 제거해 그루당 포도송이 수를 조절하는 그린 하비스트로 포도의 품질을 높이기도 한다.

너무 가까워도 탈이고 너무 멀어도 문제인 사람과 '거리두기'는 중요하다. 자신과 상대에게 불편함을 주지 않기 위해 적당한 거리를 두는 것, 인간관계의 거리를 파악하고 적당한 거리를 지킨다면 서로 상처받지 않고 지속 가능한 관계를 만들어갈 수 있다. 하지만 자의든 타의든 정신적 외상을 가진 사람은 자주 자신의 생각이나 기분에 휩싸여 행동하고, 감정 조절이 힘들어 지나치게 집착하거나 우울해진다. 자신을 돌아보고 감정의 적절한 거리를 유지하기 위한 대화와 노력이 필요하다.

"이곳은 내 삶과 맞지 않아, 아니, 당신 삶이 이곳에 안 맞는 거겠죠."

(영화 〈어느 멋진 순간〉의 대사 중에서)

우리 삶의 주변에서 일어나는 많은 문제는 대부분 '거리두기'에 실패했을 때 일어난다. 너무 가까워지면 불편한 일이 생기고 너무 멀어지면 소외되는 인간관계. 불안하거나 쓸쓸하지 않은 나만의 '거리두기'가 필요하다.

꽃이 피는 계절. 신선한 장미꽃 향 가득한 와인 한잔 같이 마실 친구가 있다면 그것만으로도 우리의 삶은 우아하다.

우리의 삶은 아름다운가? ——

세계적인 테너 가수 안드레아 보첼리는 이탈리아 토스카나의 작은 마을 라야티코에서 태어났다. 인구 1,300명이 사는 마을에 매년 7월이 되면 2만 명이 넘는 사람이 찾아온다. 가던 길을 멈추게 할 만큼 낭만적인 전경을 가진 이곳은 보첼리의 콘서트가 열리는 7월 단 하루만 소리를 내고 이내 고요해져서 '침묵의 극장'으로 불린다.

토스카나는 이탈리아 최고의 명품 와인이 만들어지는 곳으로 유명하다. 보첼리 역시 "토스카나는 바로 내 마음이 있는 곳"이라고 말할 정도로 이탈리아 최고의 와인 생산지 토스카나에 대한 자부심이 대단하다.

토스카나가 가진 역사와 지리적인 다양성만큼 토스카나가 낳은 위대한 와인이 많다. 토스카나뿐 아니라 이탈리아 전역에서 가장 많이 재배되고 있는 '산지오베제'는 이탈리아 최고의 레드 품종 중 하나로 토스카나의 마을마다 부르는 이름이 다르다. 몬테풀치아노에서는 '프루뇰로 젠틸레', 몬탈치노에서는 '브루넬로', 그로세토에서는 '모렐리노'이라 한다. 토스카나 사람들은 산지오베제를 마신다고 하지 않고 푸루뇰로나 브루넬로를 마신다고 말한다. 마을마다 스타일과 맛이 다르고 와인에 대한 자부심이 대단하기 때문이다.

토스카나의 주도인 피렌체가 가장 강력한 도시 국가였던 중세시대 이래로, 피렌체 남쪽의 언덕들은 이탈리아 상업 와인의 중심지였다. 14세기 피렌체공화국은 피렌체와 시에나 사이의 산지에 '키안티'라는 이름을 붙였다. 키안티와인은 짚으로 싼 '피아스코' 병으로 유명한데, 한때 이탈리아 와인의 상징처럼 여겨지기도 했다. 유리가 비쌌던 시절 병이 깨지는 것을 방지하기 위해 개발되었으나 볏짚을 확보하여 포장하기 힘들고 곰팡이가 쉽게 피어서 현재는 상업적으로 많이 쓰지는 않는다. 하지만 토스카나의 작은 마을에 있는 레스토랑이나 가정에서는 아직도 이 병에 와인을 담아 마시기도 한다.

1980년대까지 대량으로 생산되는 싸구려 와인 취급을 받았던 키안티와인은 지난 30여 년간 이탈리아의 어떤 와인보다 큰 변화를 거쳤다. 기존 생산 방식에서 벗어나 품질 개선을 위한 적극적인 노력을 하고 있다. 포도 품종과 실험적인 양조 기술 등 전통에 대한 고집을 버리고 부단히 노력해 지금은 세계적인 수준의 레드와인 주요 근원지로 인정받고 있다.

수백 년의 세월을 지나 되돌아온 것처럼 완벽하게 보존된 중세의 풍경. 그 안에서 묵묵히 전통을 지키고 혁신의 변화를 견디며 포도를 재배하고 와인을 만들며 살아가는 사람들. 마치 현재 속에 살아 있는 과거를 보는 듯 착각에 빠지게 된다.

열심히 일한 만큼 자연의 맛과 향이 가득한 와인과 음식을 먹고 마시며 인생을 즐기는 사람들이 사는 땅, 토스카나는 영화 〈인생은 아름다워〉를 만든 '로베르토 베니니'의 고향이기도 하다. 죽음을 눈앞에 두고도 아들에게 희망을 주는 아버지. 영화를 보는 내내 눈물을 쏟아내게 하는 주인공의 '귀도'의 삶은 아름답다. 아름다운 아내와 귀여운 아들, 가족을 사랑하는 마음이 있어서 그의 인생은 아름다운 것이다.

과연 우리의 삶은 아름다운가? 가족과 함께 와인 한잔할 수 있는 여유만 있어도 우리의 삶은 아름다워질 수 있다.

Part 4

마켓 4.0 시대의 슬기로운 와인 마케팅

국내의 많은 와인 수입사, 와인 레스토랑, 와인 숍들 또한 자신의 철학과 신념에 맞는 '나다움'을 지킬 수 있는 와인을 찾아 수입하고 홍보하고 판매한다. 더불어, 인터넷 기술의 발전으로 다양한 와인 정보를 공유할 수 있는 시대의 새로운 소비 트렌드에 맞춰 다양한 와인을 즐기는 소비 패턴 변화가 일어나고 있다. 새로운 문화, 새로운 트렌드, 새로운 자부심이 생겨나는 것이다.

와인 소비 패턴이 변화하고 있다 ——

경제 발전에 따른 소득 증가와 소비 수준 향상으로 음식 문화가 변화하고, 서구식 생활 문화의 영향으로 와인 소비가 늘어나고 있다.

영화 〈사이드웨이〉는 메를로 품종보다 피노누아 품종의 매력을 널리 알린 영화로 유명하다. 영화 대사 중 피노누아가 더 맛있다는 이야기로 인해 메를로보다 피노누아가 더 많이 팔리는 와인 소비 패턴 변화가 일어나기도 했다.

2015년 영국 시장조사기관 '와인 인텔리지언스'에서는 이미 "독일, 영국, 일본 등 주요 8개국의 와인 소비 패턴은 편의점 판매 증가, 온라인 판매 증가, 유통 라인 통합 등으로 바뀌고 있다."라고 했다. 와인 시장이 대중화되면서 와인을 대량으로 구매했던 기존 트렌드와 달리 소량으로 사는 소비자가 늘어난 것이다.

인터넷 환경 발전과 휴대폰의 보편화로 모바일 결제가 늘어나면서 온라인 소비가 소비 시장을 견인하고 있다. 온라인에서 확인한 물건을 오프라인 매장에서 구입하거나 매장에 물건이 없을 때 온라인에서 직접 구입하는 것처럼 인터넷, 모바일, 백화점, 마트 등 온라인과 오프라인 매장을 결합해 고객이 어디서든 쇼핑을 할 수 있게 됐다. 오프라인 매장과 온라인 매장의 고객 체험을 융합해 통일된 상품과 서비스를 제공하는 소비자 중심의 옴니 채널이 보편화되고 있다.

와인의 온라인 판매를 금지해왔던 한국도 2020년 4월부터 온라인을 통해 술을 주문하고 매장에서 찾는 '스마트 오더 서비스'가 허용되었다. 아쉽게도 온라인 주문 후 직접 배송을 받을 수 없고 소비자가 매장에서 직접 수령하는 방식이라 실효성은 떨어진다. 하지만 이 방안이 잘 운용되어 와인 수요 증대와 판매 품목 다양화 등 와인 업계에 긍정적인 영향을 주기를 기대해본다.

가격이 오르는데도 수요가 증가하는 현상을 말하는 '베

블런 효과'를 최근 와인 시장에서 찾아보기 힘들다. 그동안 양극화 현상으로 고급 와인이 계속 팔려나갔지만, 와인 양조 기술의 보편화로 중저가 와인의 품질이 개선되고 코로나바이러스로 인한 글로벌 위기와 국내 경기 침체까지 겹쳐 가성비를 중시하는 소비 패턴이 부상하고 있기 때문이다. 와인 판매액은 줄었지만, 소비량은 늘어나 브랜드 파워보다 가격대비 품질을 선택하는 실용적이고 합리적인 소비 형태가 나타난다.

적당한 가격에 좋은 품질의 와인이 많이 늘어나고 있으니 와인 애호가들에겐 호시절이다. 다만 사회적으로 어려운 시기, 와인 한잔 마시기에도 생각이 많은 건 사실이다.

와인은 마음 편할 때 마시면 가장 맛있는 술이다. 거짓없이 마음을 털어낼 수 있는 친구가 필요하다. 외출 자제, 자가 격리, 재택근무……. 힘들지만 삶의 작은 즐거움도 있다. 일주일의 끝 모든 일상의 고민을 털어버리고 와인의 향기를 가슴 깊숙이 느껴보자.

Enjoy
Premiu
NEROPASSO
PRIMITIVO
FINCA
LAS MORAS
Chi
NEROPASSO

와인!
콘텐츠가 필요하다

1970년대 하드웨어 산업, 1980년대 소프트웨어의 개발, 1990년대 정보통신 분야의 발전을 거쳐 새로운 밀레니엄 시대의 새로운 성장 동력으로 '융합'과 '문화 콘텐츠'라는 키워드가 주목받고 있다.

'콘텐츠'는 영어 단어 content의 복수형으로 content는 추상적인 의미나 성분의 양을 표시하고 contents는 대개 구체적인 것, 주로 내용이나 목차의 의미로 쓰인다. 포털사이트 엠파스에 콘텐츠는 "각종 유무선 통신망을 통해 매매 또는 교환되는 디지털화된 정보의 통칭"이라고 되어 있지만 고객에게 가치가 있는 콘텐츠는 참신하고 독특한 아이디어, 그를 뒷받침해주는 재미있고 감동적인 스토리로 이루어져 있어야 한다.

콘텐츠는 새로운 광고이며 콘텐츠 마케팅은 고객에게 흥미롭고 유용한 콘텐츠를 창조, 관리, 배포하는 마케팅 전략을 말한다. 콘텐츠 마케팅이라는 아이디어는 인터넷 발달로 인한 연결성이 고객으로 하여금 브랜드에 대한 진실을 발견하고 이야기할 수 있게 해준 결과이며 디지털 시대 광고의 미래로 이야기되고 있다.

콘텐츠 개발을 위해서 마케터는 고전을 포함한 폭넓은 독서와 인문학적 사유가 필요하며 좋은 콘텐츠 마케팅을 하는 브랜드는 고객에게 독창적 콘텐츠를 제공하고 브랜드에 얽힌 흥미로운 이야기를 들려준다. 광고에는 브랜드가 제품과 서비스를 판매하기 위한 정보만 있지만 콘텐츠는 고객에게 개인적 혹은 업무적으로 유용한 정보를 제공한다. 현대의 소비자가 기업의 광고나 전통적인 미디어가 방송하는 콘텐츠보다 신뢰가 가고, 더 매력적인 사용자가 생성한 콘텐츠를 선택하는 이유이다.

미디어 시장의 판도를 재편할 만큼 영향력을 지닌 매력적인 핵심 콘텐츠를 '킬러 콘텐츠'라고 한다. 경쟁 콘텐츠보다 우위를 차지하면서 다른 콘텐츠를 선도하고, 미디어가 폭발적으로 성장하는 계기가 되기도 한다.

와인 시장의 킬러 콘텐츠는 무엇일까? 와인은 맛있어야 한다. 좋은 잔에 와인을 마시면 조금 더 맛있게 마실 수는 있지만 와인의 본질은 변하지 않는다. 와인의 가치는 와인 자체에 있지 와인 잔에 의해 결정되는 것은 아니다. 와인은 콘텐츠, 잔은 와인이라는 콘텐츠를 담는 그릇일 뿐이다.

최근 와인 소비층이 다양해지면서 기존의 와인과 다른 새로운 생산 방식의 내추럴와인이나 와인 레이블 디자인이 예쁜 와인이 인기를 끌고 있다. 유튜브나 소셜미디어 등 인터넷을 통해 정보를 검색하고 소통하는 밀레니엄 세대를 비롯해 수평적이고 개인적이며 자유로운 사고를 가진 소비자가 와인 소비 시장의 주류가 되면서 생겨나는 자연스러운 현상이다. 하지만 와인을 마시고 경험을 공유하며 금세 와인의 맛과 가치를 알게 된 소비자는 와인을 마시는 것만으로 만족하지 않는다. 와인 선택의 폭이 넓어진 만큼 그들의 호기심을 자극하고 욕구를 충족해주는 와인을 적극적으로 옹호하게 될 것이다. 와인을 담는 와인 잔도 중요하지만 와인이 맛있어야 하는 것처럼 와인의 본질이 더 중요한 이유이다.

마케터의 핵심 역할은 자신의 브랜드가 표방하는 가치

제안을 전달하는 것이다. 고품질을 추구하는 세계적 추세 속에 오래된 수령의 포도나무와 포도 재배가 소중한 가치를 인정받고 있다. 제대로 된 와인을 만들기 위해 노력하는 생산자의 땀과 열정, 와인에 대한 이야기를 고객의 가슴속에 전달하는 것, 이것이 진정한 와인의 콘텐츠다.

사람들은 이제 와인을 반드시 와인 잔에 담아 마시지 않아도 충분히 즐길 수 있다는 사실을 알고 있다. 와인 본연의 맛과 와인에 얽힌 이야기를 알리고 집중하는 콘텐츠 마케팅이 필요하다. 이것이 와인의 진실이고 진정한 킬러 콘텐츠를 만드는 것이다. 모든 게 한쪽으로 쏠린 배는 가라앉을 수밖에 없다. 와인 마케팅도 변해야 한다.

행복은 위대한 것이 아니라 평범한 것이다. 나이기 때문에 대단한 것이란 생각은 착각이다. 세상의 거짓들, 그 속에 있는 사람들, 과정 속에 자신의 본분을 다하는 것이 모여서 진실이 된다. 그렇게 하는 것이 진실로 가는 바른 길이다

작년 오늘 나는 무엇을 했을까? 잘 기억나지 않는 일상보다 기억할 수 있는 삶이 필요하다.

와인 체인저의 시대 ——

어떤 일에서 결과나 흐름의 판도를 바꿀 만큼 중요한 역할을 하는 인물이나 사건, 제품을 '게임 체인저'라고 한다. 마케팅 역사에서 가장 중요한 '게임 체인저'는 연결성이다. 디지털 기술의 발달로 연결된 세상에서 소셜미디어는 지리, 인구학적 장벽을 허물고 사람을 연결하고 소통하게 한다.

모바일로 연결된 소비자는 브랜드의 마케팅 광고보다는 개인적 기호나 친구, 가족, 팔로워에 의존한다. 고객의 구매 절차가 사회적으로 변하면서 자신이 속한 사회 집단에서 나오는 소리에 주목하는 것이다. 이러한 디지털 혁명의 시대에 거짓 주장을 하고 엉터리 제품을 만드는 기업은 살아남지 못한다.

이제 기업이 소비자에게 의견을 묻는 것은 의미가 없다. 소비자의 생각과 행동은 다르게 표현되기 때문에 소비자의 생각보다는 빅데이터 분석을 통해 예측한다. 제4차 산업 혁명이 뒤바꾼 시장을 선점하기 위해 전 세계 국가와 기업들이 치열하게 경쟁하고 있는 시대. 아직 우리는 인터넷 와인 판매를 규제하고 있다. 미성년자에게 주류가 판매될 수도 있다는 이유, 다시 말해 오프라인과 온라인의 구분 없이 하나의 유통 경로로 통합되는 연결성 시대의 거짓말 같은 이유 때문이다.

이스라엘의 세계적인 기초과학 연구소 와이즈만의 다니엘 자이프만은 "변화에 가장 잘 준비된 자는 호기심 있는 사람"이라고 했다. 21세기는 어렵고 복잡한 문제를 해결할 수 있는 도구와 플랫폼이 지천으로 널려있다. 지식과 정보는 특별한 자원이 아니며 새로운 것에 대한 호기심과 실패를 두려워하지 않는 열정이 필요하다. 새로운 기회의 실마리는 불편함 속에 있는 예도 있다. 세계 최대의 기업 우버는 택시가 잘 안 잡혀 짜증이 나 창업을 했다. 불편함이라는 부정적 감정과 호기심이 접목되어 엄청난 기회가 생긴 것이다.

중세 시대를 지배한 전제 군주와 교회의 족쇄로부터 인

간의 존엄과 평등, 자유권을 강조한 새로운 시대의 도래와 18세기 계몽 시대 철학자들에게 활기와 상상력을 부여한 것은 와인이었다. 와인을 마시며 정치, 문화, 예술, 철학을 이야기하고 새로운 시대를 준비했을 것이다.

누구도 예상하지 못한 일들을 가능하다고 믿고 시작해 이루어진 역사적 사건을 '게임 체인저'라 한다면 와인의 발전과 역사에 큰 영향을 미친 사건을 '와인 체인저'라 부르면 어떨까?

새로운 소셜 미디어, 디지털 미디어, 데이터베이스 마케팅 분야를 아우르는 디지털 혁명의 시대. 소비자는 기업과 제품에 대한 정보를 무한대로 찾을 수 있는 능동적 주체로 바뀌고 있다. 이제 와인 시장도 고객이 원하는 제품을 구입하고 옹호할 수 있는 환경이 만들어져야 한다. 호기심과 불편함이 만든 기회, 인터넷 와인 판매가 가능한 시대, '와인 체인저'의 시대가 오기를 기대해본다.

마음이 가는 와인이 좋은 와인이다 ——

장마철 집중 폭우로 상처받은 사람이 유난히 많은 여름은 이러저러하게 마음이 쓰린 계절이다. 잔뜩 머금은 빗물을 쏟아 붓고 가벼이 사라진 구름처럼 이런저런 이유 다 내려놓고 상처 난 마음을 보듬어야 할 시절. 언제 그랬냐는 듯 더위는 찾아오고 시간은 무심히 지나가 버린다. 아쉽지만 타산지석으로 삼는 대책도 필요하고 그저 상처 난 마음 보듬어주는 인정이 넘쳐나길 빌어본다. 이런저런 아픔 다 내려두고 마음만이라도 가벼워지면 좋겠다.

마케팅의 바이블로 불리는 『포지셔닝』의 공동 저자 알 리스와 잭 트라우트는 "마케팅 전쟁은 시장이 아니라 소비자의 마음속에서 벌어진다."라고 했다. 과거 마케팅 전략의 핵심은 잠재 고객의 마음속에 회사와 제품 이미지를 인식시키는 것이었다. 모든 성공한 제품, 브랜드, 기업은 소비자의 마음속에 강력하고 독특한 포지션을 차지했다. 하지만 기술의 발달로 연결된 세상, 뉴웨이브 시대로 가는 변화의 길목에서 기업의 일방적인 브랜드 포지셔닝은 수평적인 관계를 원하는 현대의 소비자에게 맞지 않는다. 인터넷 발달로 검색과 개인적 가치 판단으로 행동하는 소비자에게 미치는 기업의 영향력은 줄어들고 있다.

포지셔닝 대신 가치와 관련성이 높고 일관성 있는 콘텐츠로 잠재 소비자를 유치하고 유지하는 콘텐츠 마케팅, 하나의 메시지를 전달하는 전통적 마케팅에서 벗어나 다양한 메시지를 많은 고객에게 여러 홍보 채널을 통해 전달하는 다차원적 접근 방식인 '브랜드 저널리즘'이 중요해지고 있다.

마음은 일반적으로 '정신'이라는 말과 같은 뜻으로 쓰이지만, '정신'에 비해 훨씬 개인적이고 주관적인 뜻으로 쓰이는 일이 많다. 시대의 변화에 따라 마케팅 전략도 빠르게 변하고 있지만 핵심에는 항상 수익성 있는 고객의 구매 행동을 유도하기 위한 '마음의 전략'이 있다.

와인도 마찬가지. 와인은 느낌이다. 어떤 경험에서 비롯되는 순간적인 반응을 표현하는 느낌은 좋은지, 싫은지 뚜렷하게 구분된다. 와인은 감성이다. 감각이나 기분에 따라 '좋고 싫은' 감성에 따라 선택한다. 와인은 마음이다. 마음이 가지 않고 느낌이 없는 사람에게 감동이 없는 것처럼 내 마음이 가는 와인이 좋은 와인이다.

주변의 모든 것이 빠르게 변한다. 시간도, 계절도, 날씨도, 그 속에 묻혀 사는 사람들의 마음마저도 예전 같지 않다. 상실의 시대, 끝 모를 추락을 경험하는 살벌하고 비정한 환경이다. 실패하더라도 도전해야 후회가 남지 않는다는 생각으로 고통을 견디고 꿈을 꾸며 우직하게 먼 길을 걸어온 우리.

가끔 외롭거나 마음을 짓누르는 허허로움을 느낄 때, 상실감이 바닥을 치기 전 와인 한잔으로 자신을 위로해보자. 스스로 일어나 나의 마음을 이해해 줄 친구와 와인 한잔할 수 있는 여유. 올해 여름은 마음을 다 비우고 가벼이 살아보자.

와인 가격이 중요하나요?

와인에 대해 잘 모르는 경우 비싼 와인이 품질도 좋을 거라고 믿을 수 있다. 하지만 비싼 와인만 좋은 것은 아니다. 가격대에 따라 좋은 와인이 많다. 잘 알려진 지역, 유명한 생산자, 비싸고 브랜드가 잘 알려진 와인만 선호하던 시대는 지났다. 와인은 특별한 날, 격식 있게 마시는 고급 문화라는 편견에서 벗어나 삶의 여유를 중시하는 시대에 걸맞게 일상의 문화로 자리 잡아가고 있다.

전통적 마케팅에서 브랜드는 기업의 가치를 나타내는 바로미터로, 강력한 브랜드 가치는 기업과 소비자에게 추가적인 가치를 제공하는 중요한 자산이었다. 뉴웨이브 시대에 접어들면서 마케팅은 더욱 수평적으로 바뀌었고, 브랜드와 소비자의 관계 역시 점차 수평적으로 변하고 있다. 소비자는 다른 소비자의 의견을 적극적으로 물어보고, 인터넷과 소셜미디어를 통해 좋아하는 제품과 서비스를 옹호한다. 전통적 마케팅에서 소비자의 경로가 인식, 태도, 행동, 재행동으로 이루어졌다면, 뉴웨이브 시대에는 인식, 어필, 질문, 행동, 옹호로 바뀐 것이다.

브랜드 마케팅의 최신 트렌드는 인간처럼 말하고 인간 같은 성격을 가지고 인간적인 면모를 보여주기를 무서워하지 않는 인간이 되는 것이다. 브랜드가 영향력을 발휘하기 위해서는 자신만의 캐릭터를 갖춘 브랜드 콘셉트를 도입하고 자발적으로 따를 수 있는 카리스마를 구축해야 한다. 브랜드는 보다 인간적인 캐릭터를 갖춘 방향으로 진화하고 있다. 인간적인 면모, 리더의 특성을 갖춘 브랜드를 구축하기 위해 외형, 지성, 정서성, 사회성, 인간미, 도덕성을 갖춰야 한다.

전 세계의 와인 생산 지역은 다양한 기후, 날씨, 토양을 가지고 있다. 더불어 그곳의 자연환경에 적응해 살아가는 사람들의 문화를 반영한 특색 있고 개성 있는 와인을 많이 만들어낸다. 비즈니스 목표와 사회적 목표를 통합하는 비전을 가지고 소비자에게 기능적, 정서적 혜택뿐 아니라 사회적 혜택도 제공하는 인간 중심 관점의 마케팅 활동을 하고 있다.

와인 애호가는 호기심으로 와인을 즐긴다. 낯선 문화, 수많은 지명과 품종을 외우고 지식을 뽐내기보다는 "이 와인은 어떤 맛이 날까?" 궁금해 하며 와인을 즐긴다. 와인에 대한 정보를 교환하고 소통하며 마음에 드는 와인을 적극적으로 옹호한다.

이제 생일에만 케이크를 먹었던 시절처럼 특별한 날에만 와인을 마시는 것으로 아는 사람은 많지 않다. 가까운 와인 숍에서 와인 한 병 사는 기쁨, '스파이시하고 무겁거나 신선하고 가벼운' 와인을 찾아도 좋지만 그냥 '정우성' 같은 와인을 달라고 해보자.

어디든 편한 곳에서 와인 한잔 마시는 여유. 와인에 대해 설명하기 어렵다면 내가 좋아하는 음악이나 사람에 대한 느낌을 비유해 이야기하면 된다. 보다 인간적인 와인, 와인은 그렇게 마시는 거다.

와인으로 느끼는 자부심 ——

흔히 '와인은 유럽 와인이 최고'라고 말한다. 잘 알려진 위대한 와인의 탄생을 살펴보면 그들이 가진 떼루아에 대한 자부심은 대단하다. 프랑스, 이탈리아, 독일 등 유럽인의 와인에 대한 사랑과 자부심이 오늘날의 와인을 있게 했다고 해도 과언이 아니다.

와인에는 와인 메이커의 자부심이 묻어있다. '자부심'은 자신 혹은 자신이 속한 단체를 자랑스럽게 여기는 마음가짐이다. 자부심이 자기 자신을 자랑스럽게 여기는 것과 관계가 있다면, 자존심은 남에게 굽히지 않으려 하고 '나다움'을 지키고 싶어 하는 것이다. 역사를 중시하는 민족에게 문화는 외형의 문제가 아닌 내면에 면면히 흐르는 문화에 대한 자부심이 중요한 문제인 것처럼 와인 또한 그들만의 문화에 대한 자부심이다.

유럽의 와이너리가 전통적인 방법을 지키며 명예를 지켜오는 동안 신대륙 국가들은 새로운 기술 도입으로 품질 향상에 노력해왔다. 오랜 역사와 전통을 자랑하는 와인 강국 프랑스의 포도 품종 말백과 쉬라즈를 그들의 기후와 토양에 맞춰 새롭게 세계 최고 품종으로 만든 아르헨티나와 호주, 그리고 다양한 고급 와인을 생산하며 와인 강국으로 올라선 미국. 유럽에서 빛을 발하지 못하던 품종이 신대륙으로 넘어가 잠재력을 꽃피우기도하고 유럽과 신대륙의 합작 투자를 통해 고품질 와인이 만들어지고 있다.

신대륙뿐 만 아니라 잘 알려지지 않았던 몰도바, 조지아 등 동유럽 지역도 훌륭한 와인을 많이 선보인다. 세계 질서의 변화와 함께 오랜 세월 유지해온 전통과 현대 기술로 경쟁력 있는 와인을 만들어낸다. 바야흐로 와인의 춘추 전국 시대, 세계 와인 산지에서 우수한 품질의 와인이 쏟아져 나온다.

국내의 많은 와인 수입사, 와인 레스토랑, 와인 숍 또한 자신의 철학과 신념에 맞는 '나다움'을 지킬 수 있는 와인을 찾아 수입하고 홍보하고 판매한다. 더불어, 인터넷 기술의 발전으로 다양한 와인 정보를 공유할 수 있는 시대의 새로운 소비 트렌드에 맞춰 다양한 와인을 즐기는 소비 패턴 변화가 일어나고 있다. 새로운 문화, 새로운 트렌드, 새로운 자부심이 생겨나는 것이다.

개인의 자부심, 직업에 대한 자부심, 국가에 대한 자부심이 강한 사람은 쉽게 자신을 굽히지 않는다고 한다. 하지만 와인에 대한 자부심이 강한 사람일수록 새로운 정보에 수긍하고 귀 기울이게 된다. 신기하게도 와인은 마실수록 더 궁금해지고 경험할수록 느끼는 바가 더 많아진다. 알아갈수록 다른 사람의 의견을 존중하고 서로의 자부심을 인정하려고 노력한다.

좋은 벗을 만나는 자리에 의미 있는 와인 한 병을 고르기 위해 고민해 본 적이 있는가? 그 와인을 마시며 즐거워할 친구를 상상하는 설렘. 나를 행복하게 하고 서로를 사랑하게 만드는 자부심 시간. 내가 '와인으로 느끼는 자부심'이다.

정의란 무엇인가? ——

시장 경제에서 기업은 소비자의 마음을 얻기 위해 자신이 가진 경쟁 우위와 외부 환경을 분석해 소비자의 마음속에 제품이나 브랜드가 자리 잡을 수 있도록 노력한다. 하지만 연결된 세상에서 수평적인 관계를 원하는 소비자의 힘과 연대 의식이 커지면서 소비자의 브랜드 인식에 끼치는 기업의 영향력은 줄어들고 있다. 기업의 일방적이고 수직적인 포지셔닝은 더 이상 유효하지 않으며 많은 소비자에게 다양한 메시지를 여러 홍보 채널을 통해 전달하는 다차원적 접근 방법, 수평적, 포용적, 사회적인 형태로 진화되어야 한다.

포지셔닝은 기업이 소비자에게 하는 약속이다. 소비자와의 약속은 반드시 지켜야 하며 그러기 위해서는 강력한 차별화 요소가 있어야 한다. 차별화 요소가 없다면 약속은 했지만 지키지 않은 것과 같고 기업의 브랜드 가치는 하락하게 된다. 다양한 유형의 비즈니스가 늘어나고, 기술 혁명의 가속화로 산업 전반에 진행되는 비인격화, 사회적 책임을 지지 않는 기업에 대한 실망 등으로 소비자는 진정성 있는 차별화를 갈구한다. 점점 투명해지는 세상에서 진정성은 중요한 자산이며 경쟁사가 쉽게 따라할 수 없는 진정한 독특함을 개발해야 하는 이유이다.

프랑스 와인이 세계적으로 유명한 이유는 뛰어난 재배 환경도 가지고 있지만 품질 관리 체계를 빨리 확립했기 때문이다. 1935년 선포된 "원산지 명칭 통제(A.O.C : Appellation d'Origine Controlle)" 제도는 포도 재배 지역과 명칭, 품종, 재배 방법, 단위 면적 당 수확량, 양조 방법과 알코올 농도 등 원산지별 생산 조건을 통제한다. 전통적 고급 와인의 명성을 보호하고 유명 포도밭 지명 도용이나 명성 있는 생산자가 다른 지역 포도를 구입해 와인을 제조하는 행위 등을 금지한다. 지나친 규제가 생산자의 창의적인 시도에 걸림돌이 되고 새로운 와인 개발을 막는다는 지적도 있지만 정직한 생산자를 보호하고 소비자에게 올바른 와인을 선택할 수 있는 기회를 제공함으로써 품질과 명성을 지켜나가고 있다.

DALÍ
RAZSTAVA - EXHIBITION
BLED

우리는 살아가며 수없이 많은 일을 겪으며 정의로운 일, 정의롭지 못한 일들을 마주한다. '좋은 게 좋은 거'라며 넘어가는 많은 일들… 과연 무엇이 정의인가? 벤담, 칸트, 아리스토텔레스의 이야기를 거창하게 나열하지 않아도 '정의'는 한 가지 기준만으로 판단할 수 없다. 복지, 자유, 미덕뿐 아니라 이를 둘러싼 수많은 가치와 함께 판단되어야 한다.

와인은 많은 것을 구분한다. 품종, 지역, 토양, 기후, 날씨, 재배 방법과 양조 방식까지 차별화되고 독특해야만 그 가치가 빛난다. 사람 사는 세상은 조금 다르다. 서로 화합할 때 행복지수가 높아진다. 화합하려면 구분하는 것부터 없애야 한다. 나의 의지와 상관없이 강제 당하는 차별이 없어야 한다.

"정의란 무엇인가?" 어젯밤, 와인 한잔 마시며 문득 떠오른 생각이다.

와인의 대중화?
무엇을 지킬 것인가? ——

제2차 세계대전 후 노동자층의 지지로 대통령에 당선된 아르헨티나 페론 정권은 노조의 과도한 임금 인상을 수용하는 등 무분별한 선심성 복지 정책으로 민중의 지지를 얻었다. 하지만 이를 바탕으로 독재 정치를 펼쳐 아르헨티나의 경제를 악화시켰다.

포퓰리즘은 '대중의 요구와 바람을 대변하려는 정치 사상, 활동'이라고 정의한다. 다수를 위한 정책을 수립하고 다수의 지지를 얻기 위해 노력한다는 점, 다수의 지배를 강조하고 직접적인 정치 참여를 강조한다는 점에서 민주주의와 맥을 같이 한다. 하지만 대중의 지지를 얻기 위해 비현실적인 정책을 내세우거나 포퓰리즘을 활용해 비민주적 행태와 독재 권력을 공고히 하는 등 본래의 목적을 외면하고 특정 집단의 목적을 달성하려는 행태가 되어서는 안 된다.

대기업에서 운영하는 대형마트 등에서 저렴한 가격의 와인이 쏟아져 나오고 있다. 규격화된 생산물이 공통적으로 소비됨으로써 동질적인 소비자군이 형성되고, 계층, 직업, 지역의 차이를 넘어서 사람들의 생활 양식에 유사점과 공통성이 많아지는 대중화가 이뤄져 이제 싼 가격에 쉽게 와인을 접할 수 있게 되었다.

이처럼 와인이 대중 사이에 널리 퍼져 친숙해지는 것은 바람직한 현상이다. 하지만 와인의 대중화도 좋지만 품질이 떨어지는 너무 싼 가격의 와인을 무작위로 수입한다고 해서 소비자의 지지를 받을 수는 없다.

전 세계의 많은 지역에서 엄청나게 다양한 스타일의 와인이 생산되고 있다. 와인의 대중화 현상으로 와인을 쉽게 접하고 마실 수 있는 사회적 분위기가 형성되었지만 현대의 소비자는 높아진 지적 수준과 문화적 욕구를 충족시킬 수 있는 다양한 경험을 기대한다. 소규모지만 소비자 개개인의 특성에 맞춰 다양한 경험을 줄 수 있는 개성 있는 와인이 필요하다.

이제 와인은 특별한 소비재가 아니라 대중이 즐기는 일상의 음식이며 새로운 문화의 아이콘이다.

와인을 일반 주류로 간주하는 우리나라는 현지 수출 가격에 운반비 등 각종 비용을 더한 금액에 약 68퍼센트의 세금을 부과한다. 경제 규모 10위 안에 드는 교역국가 중 우리나라의 와인 가격이 가장 비싼 이유이다. 미성년자에게 판매될 우려가 있다는 이유로 인터넷 판매도 금지되어 있다. 시대착오적인 규제와 조세 제도는 급변하는 다양성의 시대에 역행하고 있다.

무엇을 지킬 것인가? 대중화란 미명하에 포퓰리즘에 빠지는 우를 범하지 말자. 시대적 상황에 따라 새로운 변화가 필요하다. 변화의 흐름을 미리 감지하고 하나씩 바꾸어 나가는 것이 시대의 흐름에 대처하는 현명한 방법이다. 변화의 필요성을 늦게 인식할수록 혼란을 겪기 마련이다.

어렵고 힘든 시절을 견뎌낼 용기는 있다. 하지만 꿈을 포기해야만 하는 순간은 두렵다. '고민만 하다 죽은 햄릿보다 정의를 위해서 목숨 건 돈키호테의 용기'가 필요한 시절이다.

KIOSQUE PRESSE
Decanter
Wine Enthusiast
Harpers
Rayon Boissons
PAYSAN du Midi
VerdeVin
La Journée Vinicole
BKWine
petit futé

와인의 가치 ——

환자의 생명과 건강을 지키기 위해 수술실에서 담배를 피우면 안 되는 것처럼 절대로 지켜야 하는 규칙(레드룰)이 있다. 반면 긴급 치료를 받아야 할 환자의 경우 서류 작성을 나중에 해도 되는 것처럼 특정 상황에는 무시되어도 괜찮은 규칙(블루룰)도 있다. 환자의 이익이 가장 중요한 원칙, 문서화되어 있지 않아도 모든 의료 종사자가 알아야 할 일반적인 지침, 환자를 돌보는 일이 어떤 행정 업무나 규칙보다 중요해 환자를 돌보다 회의 시간에 늦어도 크게 개의치 않는 것을 '가치 기반의 원칙'이라고 한다.

전통적 마케팅에서 서비스는 표준 운영 절차에 의해 만들어지고 제공되었다. 하지만 이런 서비스는 형식적이고 인간적인 교감이 없기 때문에 소비자의 다양성을 포용할 수가 없다. 기업의 서비스를 표준화하는 것도 필요하지만 '고객 우선의 원칙'을 세워 모든 직원이 진정으로 가치를 이해하고 독립적 의사 결정을 할 수 있게 해야 한다.

보르도와인 전문가 '듀이 마크햄 주니어'는 와인의 가치를 따지는 7가지 기준으로 와인 생산지, 포도 품종, 포도나무 손질 방법, 해당 지역 생산 포도의 최대 생산량, 와인 양조 기술, 와인의 알코올 함유량, 와인 라벨 표시 허용 내역 등을 꼽았다. 절대로 지켜야만 가치를 인정받을 수 있는 와인의 레드룰이다.

하지만 와인의 가치를 평가하는 기준보다 더 큰 와인의 가치가 있다. 와인은 일반적인 음식뿐만 아니라 농업, 산업, 의학, 종교, 문화 등 여러 분야에서 다양한 가치를 지니고 있다. 역사적으로 와인은 진통제, 수면제, 음료수, 상처를 소독하는 치료제, 와인과 식초를 혼합해 식품을 세척하거나 보존하는 방부제로 사용되었다.

와인과 건강에 관한 이야기를 할 때 자주 인용되는 '프렌치 파라독스(French Paradox)'는 1992년 프랑스 세르쥐 르노 교수가 "포화지방 섭취가 세계에서 가장 높은데도 프랑

스인의 심장병 사망률이 가장 낮은 것은 와인 때문이다."라는 내용의 논문을 발표하면서 미국을 비롯한 전 세계의 레드와인 구매가 급격히 늘어나게 된 것을 말한다. 이후 지속적으로 와인이 건강에 좋다는 연구가 나오고 있다. 와인이 기분을 좋게 하고 정신 건강에 긍정적인 작용을 하면서 많은 예술가가 와인을 통해 영감을 얻고 예술 창작 몰두에 도움을 받기도 한다.

건강한 삶을 위한 식생활 문화의 변화와 함께 와인을 즐기는 와인 소비 패턴도 바뀌고 있다. 관습적으로 꼭 지켜야 하는 규칙도 필요하지만 이젠 자신이 행복한 가치를 따르는 문화로 변해야 한다. 가치는 일반적으로 좋은 것, 인간의 욕구나 관심을 충족시키는 것을 말한다. 와인을 만드는 모든 생산자는 자기가 만드는 와인을 많은 사람이 마시고 행복해하기를 바란다. 와인에서 무엇을 찾을 것인가? 마시는 와인을 통해서 내가 누릴 만족감을 찾는 것, 마시는 와인이 그 사람을 나타내는 것. 이것이 바로 와인의 가치이다.

와인 어게인 ——

인구 200만의 동유럽 국가 슬로베니아는 최근 한국에서 가장 핫한 와인 생산지로 통하는 곳 중 하나이다. 1991년 소련 연방 해체와 함께 유고슬라비아와 분리된 슬로베니아는 이탈리아, 오스트리아와 크로아티아 사이에 위치하고 있으며 서쪽 아드리아해부터 동쪽으로 드라바강과 사바강 계곡을 따라 15개 지역에 16,000헥타르의 포도밭을 가지고 있다.

유럽 국가 중 유일하게 이름에 love를 품고 있는 나라. 수도의 이름마저도 '사랑스러운'이란 뜻을 가진 류블랴나에는 슬로베니아를 대표하는 시인 '프란체 프레셰렌'과 '율리아'의 가슴 아픈 사랑을 담은 동상과 영원한 사랑을 맹세하는 사랑의 다리가 있다.

슬로베니아를 대표하는 와인은 '오렌지와인'이다. 『내츄럴와인』의 저자 이자벨 르 쥬롱(MW)은 "시칠리아, 스페인, 스위스, 조지아 등 여러 곳에서 오렌지와인을 만날 수 있지만, 가장 심오한 오렌지와인은 슬로베니아에서 만날 수 있다."라고 했다.

'앰버와인'이라고도 부르는 이 와인은 오렌지로 만든 와인은 아니고 화이트 포도 품종의 껍질과 줄기를 함께 침용, 발효, 숙성시켜 오렌지 빛깔을 띤다. 당시에는 명칭에 대한 기준이 없었고 생산자조차 뭐라고 불러야 할지 몰랐다. 2004년 영국의 와인 수입상 '데이비드 하비'가 와인을 레드, 화이트, 로제 등 색깔로 구분하는 것에 착안해 오렌지색 와인을 오렌지로 부르기 시작하면서 지금의 오렌지와인이 되었다. 화이트와인의 산미와 과일 향, 레드 와인의 타닌과 묵직한 질감을 동시에 가지고 있어 다양한 음식과 매칭이 좋으며 특히 한식과 잘 어울린다.

최근 세계적인 와인 시장의 트렌드는 프랑스 부르고뉴와 같은 고급 와인에 대한 수요와 2012년 코펜하겐의 노마 레스토랑에서 시작해 꾸준히 이어져오고 있는 내추럴와인 붐을 들 수 있다. 국내의 경우 아직 고급 와인에 대한 수요는 주춤하지만 몇 년 전부터 시작된 내추럴와인 붐과 함께 오렌지와인이 젊은 층에서 트렌디한 술로 인기를 얻고 있다. 오렌지와인은 고대 방식의 와인이 다시 관심을 받게 된 역주행 와인이다. 로제와인보다는 침용 시간이 길고, 레드와인과는 화이트 포도 품종을 사용한 점이 다르다.

밀레니엄 세대를 비롯한 현대 소비자는 정형화된 기존 와인의 틀에서 벗어나 새로운 카테고리의 색과 맛에 거부감 없이 마음을 열고 와인을 고른다. 프랑스, 이탈리아 같은 유럽의 구대륙 와인과 미국, 호주 같은 신대륙 와인으로 구분 짓는 이분법적 사고에서 벗어나 선입견을 깨고 낯설고 새로운 와인에 호기심을 갖는 등 와인 선택의 폭과 시야도 넓어지고 있다.

디지털 기술의 발전으로 누구나 정보에 쉽게 접근 할 수 있는 시대. 하지만 제품의 우수성에만 집중하는 기업과 브랜드는 더 이상 성공할 수 없다. 매력적인 고객 경험을 전달하고 상호 작용할 수 있어야 한다.

디지털 혁명이 전통적인 질서를 허물고 새로운 발전으로 도약하는 시대. 와인 역시 자유롭게 즐기고 경험하고 참여하는 새로운 시대, '와인 어게인'의 시대를 맞이하고 있다.

메리 크리스마스 ——

세계적으로 큰 기념일 중 하나인 크리스마스는 예수그리스도의 탄생 기념일로, 그리스도(Christ)의 미사(mass)를 의미한다. 서양에서는 예부터 내려오는 풍습으로 나라마다 다양한 전통 음식과 와인을 나누어 먹고 마시며 축제를 즐긴다. 크리스마스 시즌에 유럽의 대표 광장과 도심은 반짝이는 장식으로 가득 찬다. 경쟁하듯 서로 큰 트리를 설치하고 다양한 기념품과 음식을 파는 마켓이 거리를 채운다.

특정 기념일이나 계절에 소비자의 구매 욕구를 자극해 소비를 진작시키는 것을 '계절 마케팅'이라고 한다. 계절 마케팅에서 중요한 것은 타이밍, 차별화, 일관성이다.

한 해를 마무리하며 설레고 즐거워야 할 연말, 크리스마스 같은 큰 기념일에는 소비자의 구매욕이 커지고 브랜드가 제공하는 메시지나 프로모션에 쉽게 설득당하게 된다. 최근 와인 소비가 급증하는 것도 코로나바이러스로 인한 '홈술', '혼술' 분위기와 함께 '계절 마케팅'의 효과가 더해진 것이다.

제1차 세계대전이 한창이던 1914년 12월 24일, 프랑스, 영국 연합군과 독일군이 대치하고 있던 전선에서 서로 총부리를 겨누던 군인들이 잠시 멈추고, 세계 전쟁 역사상 전무후무한 평화와 화해의 시간을 가졌다. 역사적 실화를 바탕으로 만든 크리스티앙 카리옹 감독의 영화 〈메리 크리스마스〉에 잘 표현되어 있다.

전쟁은 인간을 황폐화시킨다. 승리의 영광 뒤안길에 남는 것은 목숨을 걸고 싸운 병사들의 치유할 수 없는 상처뿐. 〈메리 크리스마스〉는 조국을 위해 장렬히 죽어간 전쟁 영웅들의 이야기가 아니다. 다시 만날 가족을 그리워하며 고향에 돌아갈 날을 고대하는 군인과 크리스마스에 좋은 일이 생기기를 바라는 평범한 사람들의 이야기다.

인산인해를 이루던 크리스마스의 풍경은 사라지고 우울

하게 마스크를 쓴 채 그 시절을 그리워할 수밖에 없을 것 같다. 어려움을 이겨낼 힘도 부족한데 서로 비난하고 다투는 세태까지 더해져 마음이 힘든 시절이다.

이제 소비에서 뿐만 아니라 마음에도 '크리스마스 마케팅'이 필요하다. 그럴듯한 명분 속에 자신만의 이익을 취하려는 이기주의가 팽배하고, 정치나 종교적 신념이 다르다는 이유로 헐뜯고 싸우는 안타까운 현실. 침체되고 닫혀 있던 마음을 열고 지혜로운 사랑을 해보자.

작년 겨울, 발매 된 지 26년이나 지난 머라이어 캐리의 노래 "All I want for Cristmas is You"가 BTS의 '다이너마이트'를 제치고 여전한 인기를 과시했다. 크리스마스에 빼놓을 수 없는 캐럴처럼 오늘 하루만이라도 모든 걸 내려놓고 화해의 노래를 불러보자.

행복을 꿈꾸는 사람들의 소망은 서로 아끼고 사랑하는 것이다. 변하지 않고 마음을 위로해 줄 수 있는 와인 한 잔과 함께 오늘 하루만이라도 먼저 나의 따뜻한 마음을 전해보자.

나를 변화시키는 와인처럼 ——

최초로 와인을 만든 인류의 조상은 누구일까? 구약성경의 창세기를 보면 노아가 최초의 포도원 소유자이자 와인을 만들어 취한 사람으로 기록되어 있다. 지구상 최초의 포도원은 기원전 5000년 전 흑해의 코카서스 지역으로 보는데, 출토된 포도 씨앗과 타르타르산을 보고 추정한다. 지금의 터키 북쪽, 그루지야, 아르메니아 등의 지역은 기후가 온화해서 포도 재배에 적합한 곳일 뿐 아니라 노아의 포도원도 이 지역에 있었다는 기록으로 인류가 재배한 최초의 포도원이 있던 곳으로 추측한다.

포도나무의 재배 가능 조건은 연평균 기온 10~20도, 연평균 강우량 400~1,800밀리미터, 연평균 일조량 1,500시간 이상으로 남위와 북위의 30~50도가 가장 적합한 기후에 해당한다. 1500년대까지 유럽 중심으로 재배되던 포도나무는 1800년대 이후 관개 농업이 가능해지면서 연간 강우량이 충분치 않은 지역까지 범위가 확대되었다.

폭염, 한파, 가뭄, 태풍 등 이상 기후로 동식물의 멸종 위기를 초래하고 인간에게도 재앙이 되는 기후 변화 문제가 심각하다. 농촌진흥청의 '기후 변화에 따른 재배지 변동 예측지도'에 따르면 한반도의 연평균 기온이 2000년 이전까지는 10년 단위로 0.23도씩 상승했으나 2001~2010년은 0.5도로 두 배 정도 큰 상승세를 보였다. 2100년의 지구 전체 지표면 평균 온도는 1990년에 비해 1.4~5.8도 상승되어 지구 온난화율이 더 크게 변화할 것이라고 한다. 추운 계절의 북반구 지역은 더 빨리 온난화될 것으로 예측되는데 특히 포도나무의 경우 7도 이하에서 연간 최소 2,000시간 정도의 휴면 시간이 필요해 포도 재배에 많은 어려움이 예상된다. 실제로 유럽을 비롯한 신대륙 지역의 와인 생산 지도가 많이 바뀌는 현실이다.

오늘날 와이너리는 단순히 포도를 재배하고 와인을 만드는 장소 이상의 다양한 변화를 시도하고 있다. 유럽에 비해 와인 재배와 와인 양조 역사가 짧은 미국 등 신대륙의

와이너리는 숙박 시설을 갖추고 와인과 어울리는 음식을 제공하면서 와인 테이스팅을 하는 등 와이너리 투어로 인기를 끌고 있다. 물론 와인의 품질도 높아진 데다 관광지의 명성이 더해져 와이너리의 부동산 가치 또한 상당히 높아지고 있다. 이러한 추세에 맞춰 유럽의 유명 와이너리도 재배, 양조, 관광의 1, 2, 3차 산업을 통합하는 6차 산업 대열에 속속 합류하고 있다.

현대는 다양성을 인정하는 복합적 사회 구조로 바뀌고 있다. 기존의 장르를 파괴하고 새로운 장르를 만들어 내는 시대. 와인 재배와 양조뿐만 아니라 와인 마케팅 역시 이러한 흐름에 맞춰 기존의 형식과 다른 새로운 형태의 변화를 만들어내고 있다.

이제는 와인을 고르고 마시는 방법도 변해야 한다. 자신이 좋아하는 느낌이 가장 중요하다. 목소리를 들으면 그 사람의 성향을 알 수 있고 눈빛만 봐도 그 사람 자체의 진실함을 느낄 수 있는 것처럼 와인도 자신이 좋아하는 느낌이 있을 때 가장 맛있고 좋은 와인이다.

상대에 맞춰 변할 수 있는 멋진 사람이 되어보자. 나를 변화시키는 와인처럼!

우연히 만들어진 명품 ——

"샴페인(champagne)을 너무 일찍 터뜨렸다." 성급한 판단이나 인정할 수 없는 결과에 대한 비하적인 은유로 쓰이는 말이다. 하지만 오늘날 샴페인은 가장 중요한 패션 아이콘 중 하나로 결혼이나 승진, 연인끼리 사랑을 나누는 자리 등 기쁘고 즐거운 날 주로 마시는 술이다. 프랑스 왕 루이 15세의 애첩 퐁파두르는 샴페인을 '여인의 아름다움을 지켜주는 유일한 술'이라 말하며 즐겨 마셨다고 한다.

흔히 모든 '스파클링와인'을 '샴페인'이라고 부르는 경우가 많은데 샴페인은 스파클링와인 중의 하나이며, 프랑스 샹파뉴 지역에서 전통적인 방법으로 만들어진 것만 샴페인이라고 부를 수 있다. 샹파뉴 지역 외 프랑스 지역과 룩셈부르크에서 만든 '크레망', 스페인의 '까바', 독일의 '젝트', 남아공의 '깝 끄라시끄', 이탈리아 롬바르디아 지역의 '프란치아코르타' 등이 전통적인 방법으로 만든 스파클링와인의 다른 이름들이다.

포도를 수확하여 발효 시켜 만들어진 와인을 병에 담고 적당한 양의 설탕과 효모를 넣어 저장실에 두면 병 속에서 2차 발효가 일어나 탄산가스가 생기게 된다. 이렇게 전통적인 방법으로 만든 스파클링와인에 '샹파뉴 방식' 이란 의미의 '메소드 샹파뉴(Methode Champenoise)'로 표기하기도 하지만 1992년부터 이 문구를 사용할 수 없고 '메소드 트라디시오넬(Methode Traditionnelle)', '클래식 메소드(Classic Method)' 등으로만 표현할 수 있다. 전국적으로 유명해진 '부산어묵'의 브랜드를 보호하기 위해 다른 지역에서 만든 어묵에는 '부산어묵'이란 명칭을 쓸 수 없고 '부산식 오뎅'으로 쓰게 하는 것과 같은 의미이다.

스파클링와인을 만드는 다른 방법으로 '탱크 방식'이 있다. 커다란 탱크에 효모와 당분을 넣어 와인을 발효시킨 뒤 병에 넣는 방식으로 대량 생산이 가능해 대부분의 저렴한 스파클링와인은 이 방법으로 만들어진다. 이 공정을 만든 위젠 샤르마의 이름을 따서 '샤르마 방식(Charmat

Process)'으로 부르기도 한다.

스파클링와인은 우연으로 만들어진 와인이다. 과학적인 와인 양조 방식이 없었던 옛날에는 발효가 끝났는지를 정확하게 알 수 없었다. 어느 겨울, 발효가 완전히 끝나지 않은 와인에 남아있던 효모가 봄이 되어 온도가 올라가면서 와인 속에 있는 당분을 먹고 탄산가스를 생산하게 된다. 이렇게 발생한 탄산가스로 인해 병 속의 압력이 올라가고 일부 밀폐가 제대로 안 된 마개가 압력을 견디지 못하고 튀어나오면서 스파클링와인이 탄생하게 되었다. 우주와 생명이 우연히 탄생한 것처럼 말이다.

한 모금만으로도 누구나 미소 짓게 만드는 와인. 좋은 스파클링와인은 작고 상쾌한 기포가 입안을 부드럽게 자극하며 한 모금 더 마시고 싶은 느낌으로 유혹한다.

처음에는 잘 못 만들어진 와인으로 전부 버려야 할 처지에서 전 세계인이 사랑하는 와인으로 바뀐 운명. 우연이 필연이 되고 가장 가치 있는 존재가 되었다. 인간은 본인의 의지와 상관없이 자연 속에서 태어나 삶을 누리고 있다. 자기 자신의 생리적 욕구를 해결하는 것만도 버거운 미약한 인간이 성장하면서 자아실현의 욕구를 실현하는 과정이다. 인간은 누구나 이타심이 있다. 거창하지 않아도 된다. 우연히 나에게 다가온 사명처럼 자연스럽고 한결같이 실천하는 것이 중요하다. 긴 겨울이 끝나고 봄이 오는 계절, 우연을 포착하는 방법으로 스파클링와인 한 잔을 마셔보자.

감성을 스치는 와인 ——

절대주의 왕권의 상징인 베르사유 궁전을 짓고 프랑스의 영광을 이룬 루이 14세는 프랑스 최고의 와인으로, 샴페인을 즐겨 마셨다. 절대왕정의 궁정 문화가 왕족과 귀족의 생활 방식으로 확산하면서 샴페인도 폭발적인 인기를 누린다. 베르사유궁에서 벌어지는 화려한 일상에 눈이 먼 귀족들이 즐겨 마시던 샴페인이 신기술의 도입과 더불어 맛과 색상의 변화를 통해 많은 사람이 사랑하는 와인이 되었다.

1668년 샹파뉴 지역의 수도승 '돔페리뇽'에 의해 우연히 발견된 것으로 알려진 샴페인은 1차 발효가 끝난 와인에 당분과 효모를 병에 넣은 후 2차 발효로 기포가 생겨 만들어진다. 일반 와인과 달리 와인을 병에 넣고 발효시키는 특별한 방법으로 만들어진 샴페인은 탄산가스의 압력 때문에 병이 터질 수 있는 위험과 발효 과정에 생기는 찌꺼기의 처리 방법 등 제조 방식의 문제를 안고 있었다. 이러한 고민은 18세기 들어 다양한 형태의 와인병이 생산되어 와인의 보존과 이동이 편해지고, 19세기 초 발효 기간 동안 샴페인 병을 거꾸로 세워 돌리면서 효모를 병목 근처로 모으는 방법을 발견하면서 해결되었다. 스페인의 까바, 이탈리아의 프란치아코르타도 같은 방식으로 만들어지며 '전통적인 방법'이라고 표기한다.

변화를 받아들이는데 인색한 와인 시장에 최근 새로운 바람이 불고 있다. 어떤 것도 추가하지 않고 어떤 것도 빼지 않은 천연 와인, 내추럴와인이라는 바람이다. 내추럴 스파클링와인 '펫낫(Pét-Nat)'은 '뻬띠앙 나투렐(Pétillant Naturel)'이라는 프랑스어를 줄인 말로 와인을 만들 때 자연적으로 생성된 기포가 있는 와인이다. 샴페인과 달리 발효가 진행 중인 와인을 병에 넣어 1차 발효로 생긴 이산화탄소가 거품이 되어 만들어진다. '조상 대대로 이어져 오는 방식'이란 뜻의 '안세스트랄 방법(Methode Ancestrale)'으로 표기한다. 사실, 최초의 샴페인도 펫낫처럼 만들어진 내추럴 스파클링와인이었다. 샹파뉴 지역의 기온 변화로 1차 발효가 끝나지 않은 채 병에 담아 와인이

PET-
NAT
FEDORA
PET-
NAT
FEDORA
PET-
NAT
FEDORA

발효되면서 생긴 기포로 우연히 만들어졌기 때문이다.

좋은 샴페인은 아주 작고 상쾌한 기포가 입안을 부드럽게 자극하고 풋낫은 가볍고 산뜻하며 잘 익은 과일 향이 입안을 가득 채운다.

제대로 맛을 알고 마시려면 와인은 어려운 술이다. 품종, 기후, 토양, 생산자 등 알아야 할 것이 많다. 내추럴와인은 기존의 맛과 비교할 수 없는 장점이 있어 쉽게 이야기하고 마실 수 있다. 새로운 방식으로 다양한 매력의 와인이 세계 곳곳에서 만들어지고 있다. 언제 잦아들지 모를 바람이지만 재미가 있다. 와인의 매력에 정답은 없다. 하지만 나에게 와인의 매력은 '특별한 맛'이 아니라 '특별한 느낌'이다.

혀끝을 스치는 느낌도 좋지만, 감성을 스치는 와인이 좋다.

Part 5

어느 멋진 날의 와인을 기다리며

와인이 주는 즐거움을 공유하고 싶다. 간단한 음식과 한두 병의 와인을 함께 나눌 가족과 친구. 그들과 이야기한다는 것은 얼마나 설레는 일인가?

고난을 이겨낸 와인, 마데이라 ——

와인과 여행은 닮았다. 새로운 와인을 마시는 설렘, 가보지 못한 어딘가를 여행하면서 느끼는 떨림이 서로 닮았다. 처음엔 새로움이 좋지만, 점점 낯설고 어색한 것보다 익숙함이 좋아지는 것마저도 닮았다.

여행은 일이나 유람을 목적으로 다른 고장이나 외국에 가는 것을 말한다. 하지만 여행이 고통이나 고난이 아닌 즐거움이나 유람의 의미가 된 건 교통수단이 발달하게 된 19세기부터이다. 실제로 여행을 뜻하는 영어 단어 'travel'의 어원은 'travail'로 고통, 고난이다. 현대인은 여행을 통해 새로운 경험을 하고 아이디어와 휴식을 찾는다. 때로는 성지순례, 오지체험 등 고통과 고난을 통해 다른 의미와 행복을 찾기도 한다. 신기하게도 이러한 여행의 의미처럼 여행을 통해 새로운 스타일로 탄생한 와인이 있다. 포르투갈어로 'Vinho da Roda(Round Trip Wine)'라는 이름을 가진 와인으로 왕복 여행을 하면서 점진적인 온도 변화를 통해 복합미를 가지게 된 마데이라와인이다.

마데이라는 섬의 이름이자 와인의 이름이다. 포르투갈의 작은 섬 마데이라는 영국 총리 윈스턴 처칠도 반해 자주 들렀던 세계적인 관광지이자 포르토 지역의 포트와인과 함께 포르투갈의 대표적인 주정강화와인으로 더 유명하다. 16세기 후반, 주정강화되지 않은 와인은 아프라카 인도로 향하는 상선에 실려 열대 지방을 지나면서 높은 온도에 노출되어 자주 상했다. 이후 17세기 후반부터 와인의 안정, 보존을 위해 와인이 완전히 발효되기 전 브랜디를 첨가해 알코올 도수가 높고 단맛이 나는 주정강화와인을 만들었으며, 발효가 멈추는 시점에 따라 단맛의 정도가 달라지며 와인의 스타일도 결정된다.

마데이라는 우연히 만들어진 와인이다. 배의 안정성을 위한 '밸러스트'로 사용되고 돌아온 일부 와인이 배 안의 열기에 숙성되어 품질과 복합미가 증대된 독특한 와인으로 변하게 되었다. 세계 일주 여행 중 뜨겁고 출렁이는 열악한 환경에 상해서 버려야 할지도 모를 와인이 견과, 초콜릿, 말린 자두, 살구 같은 풍부한 향을 발산하는 훌륭한 마데이라와인으로 변신하게 된 것이다.

마데이라는 세계 최고의 축구선수 호날두의 고향으로도 잘 알려져 있다. 빈민가에서 태어나 가난하다는 이유로 온갖 수모를 받으며 축구를 시작한 호날두는 공익을 위한 광고에 대가 없이 출연하고, 아프리카 최빈국 소말리아에 300억을 기부하는 등 아동 질병 퇴치와 아동 구호 운동가로도 활동하고 있다. 이러한 업적을 기리기 위해 2014년 12월 21일, 마데이라에 호날두의 동상이 세워졌으며 2016년 7월에는 마데이라공항의 명칭을 '크리스티아누 호날두'로 바꾸기로 결정했다. 구멍 난 축구화에 외톨이, 심장병을 가졌던 소년이었던 호날두는 가난 때문에 자신의 재능을 펼치지 못하는 어린이와 암투병 어린이를 위해 대회에서 받은 상금을 전부 기부하는 등 진정한 세계 최고 스타로서의 모습을 보이고 있다.

호날두의 고향 마데이라에서 만들어진 와인, 마데이라는 포도 품종, 토양, 기후, 양조 방식, 숙성 테크닉 등의 조화로 만들어진 특별한 와인이고 자연과 인간이 함께 만들어낸 믿을 수 없는 예술품이다. 어려움을 딛고 성공한 사람들의 이야기처럼 달콤하고 짜릿한 와인 마데이라 한잔은 우리의 가슴을 따뜻하게 한다.

사람은 힘들고 어려울 때, 자신을 돌아보며 고뇌하고 방황한다. 외롭고 슬플 때, 자신만의 세계에 빠져들어 열정적으로 할 일을 찾아 나선다. 자신을 찾아 떠나는 고독, 채움이 아닌 비움을 위해 떠나는 여행. 어디론가 훌쩍 떠나 아름다운 자연 경관 앞에서 마시는 와인 한잔. 더불어 그 지역의 풍미가 있는 음식과 함께할 수 있다면 여행은 새로운 추억과 경험이 된다.

스페인의 뜨거운 열정처럼 무더운 여름. 휴가철이지만 해외여행은커녕 사람들이 많이 모이는 장소에 가는 것조차 조심스러운 시절. 감염의 공포, 자가 격리… 여행을 쉽게 떠날 수 없는 현실이다. 이럴 땐 산티아고 순례길을 걷는 심정으로 고통을 견디며 더위를 이겨보자. 순례길의 종착지 '산티아고 데 콤포스텔라'나 '말라가 해변'에 가지 못해도 타파스(식전에 술과 함께 곁들이는 약간의 음식)에 시원한 까바 한잔이면 나만의 멋진 와인 여행이 될 수 있다.

CAP700L
BOAL
2001
VERDELHO
2008
238
CAP700L
690L
HAR
98
TN
620L
230
660L
CAP700L
BOAL
2000
231
660L
CAP700L
BOAL
2000

CAP700L
TN
B5
CAP700L
BOAL
2006
236
2
CAP700L
BOAL
2004
232
CAP700L
BOAL
2000
233
CAP700L
BOAL
2000

역사 속
와인 스타일 ——

누구나 자신만의 스타일이 있다. 어떤 스타일이 좋고 나쁘다고 단정 지어 말할 수 없으며 개인적 취향에 따라 달라질 수 있다.

고대 이집트에서 와인은 부활의 상징으로 신에게 제물로 바치기 위한 것이었다. 생산량도 극히 한정적이었으며 일부 특권층을 위한 와인이었다. 그리스에서 와인은 주로 포도나무의 신 '디오니소스'를 숭배하는 의식에 쓰였다. 디오니소스 축제에서 무절제한 음주로 광란적이고 격렬하고 잔인무도한 의식을 촉발하는 문제도 있었지만, 와인은 그리스 예술과 문학에 많이 기여했다.

그리스를 통해 이어받은 로마의 와인 산업은 번창하는

로마제국의 발자취를 따라 지중해 지역에서 화려한 꽃을 피운다. 1세기 무렵부터 기후와 조건이 맞는 로마제국의 모든 지역에서 포도를 재배하면서 기후와 토양에 알맞은 포도 품종이 있다는 사실을 알게 된다. 포도 품종 분류, 재배 방법, 와인 제조법까지 획기적인 발전을 이루면서 다양한 스타일의 와인이 만들어진다는 사실을 알게 되고, 그 가치를 인정하게 됐다. 전통적인 유럽 포도밭은 프랑스 북동부 알자스 지역과 독일 모젤 언덕처럼 로마 통치 체제에서 생겨났다.

5세기 말 로마 몰락 이후에도 기독교 문화가 전파된 유럽 사회에서 와인은 확고부동한 지위를 얻게 된다. 포도 재배와 와인 생산은 유럽 전역으로 퍼졌으며 왕과 귀족부터 서민까지 와인을 마시는 것은 생활의 중요한 부분이 되었다. 11세기부터 시작된 유럽 인구 증가로 포도 생산은 급격히 늘고 12세기 영국이 프랑스 보르도와인을 수입하면서 처음으로 와인의 상업화가 시작됐다. 18세기 프랑스를 중심으로 음식 문화가 발달하면서 고급 와인의 소비가 늘고 유리병과 코르크 마개 사용으로 와인의 보존 기술과 품질이 더 향상됐다. 수 세기 동안 유럽 전역에서 교역 관계, 유행, 정치적 이해관계에 따라 퇴색하고 번성하는 과정을 겪으면서 다양한 스타일의 와인이 계속

만들어져 온 것이다.

포도 품종은 수천 가지가 있으며 품종마다 색깔, 풍미, 질감 등 다른 특징을 가진 다양한 스타일의 와인이 만들어진다. 같은 품종이라도 포도나무가 자란 장소마다 서로 다른 맛의 와인이 만들어지며 와인 생산자에 따라서 다른 스타일의 와인이 만들어질 수 있다. 오늘날 전 세계에서 생산되는 와인의 종류는 상상을 초월할 정도로 많다.

와인이 주는 즐거움은 많이 알고 경험이 풍부해질수록 더 커진다. 자신이 좋아하는 스타일의 와인을 찾기 위해서는 다양한 와인을 마셔볼 필요가 있다. 와인은 감각적이면서 분위기 있고 낭만적인 술이다. 상대를 존중하는 신사적인 술. 상대의 장점을 찾고 배려하는 매너. 마시는 와인으로 그 사람의 스타일을 알 수 있다. 와인이 주는 즐거움을 공유하고 싶다. 간단한 음식과 한두 병의 와인을 함께 나눌 가족과 친구, 그들과 이야기한다는 것은 얼마나 설레는 일인가?

어딘가에 우리가 아직 마셔보지 못한 와인이 많이 있다. 언젠가 그곳에 가는 것을 꿈꾸는 것, 새로운 와인을 마시는 상상만으로도 얼마나 가슴 두근거리는 일인가?

와인의 르네상스가 오기를 ——

와인 시장의 향후 10년간 전망과 트렌드는 어떻게 전개될까?

여전히 내추럴와인의 바람이 거세다. 가능한 인간의 영향을 줄이고 자연스럽게 만들어지는 자연주의와인. 내추럴와인은 최근에 생겨난 개념이 아니라 처음 와인이 만들어진 고대부터 자연 그대로 만들어 온 와인을 뜻한다. 와인의 풍미를 유지하기 위해 일체의 동물성 재료를 사용하지 않고 100% 유기농법으로 제조하는 '비건와인'도 더 많이 유행될 것으로 예상된다.

르네상스는 학문 또는 예술의 재생, 부활이라는 의미로 고대의 그리스, 로마 문화를 부흥시켜 새 문화를 창출해 내려는 운동을 말한다. 그 범위는 사상, 문학, 미술, 건축 등 다방면에 걸친 것이다. 5세기 말 로마제국의 몰락과 함께 중세가 시작되었고 그때부터 르네상스에 이르기까지의 시기를 인간성이 말살된 시대로 파악하고 있다. 르네상스는 고대의 부흥을 통하여 이 야만 시대를 극복하려는 것을 특징으로 한다.

자연 그대로의 회귀가 곧 르네상스라고 한다면 지금 유행하고 있는 와인의 트렌드 역시 와인의 르네상스라고 할 수 있을까?

로마제국의 확장과 함께 와인 양조를 위한 포도나무가 유럽 전역에 식재되고 백년전쟁으로 영국의 막대한 자본을 지원받게 된 프랑스 보르도 지역은 와인 품질 향상을 위한 새로운 기술과 생산력을 가지게 된다. 이탈리아 르네상스가 꽃을 피우기 시작하는 14세기에 이탈리아 와인의 르네상스도 시작되었다. 그림을 그려주는 대가로 와인을 받았던 르네상스의 천재 조각가 미켈란젤로. 14세부터 메디치 가문의 후원을 받으며 20대에 성 베드로 성당의 '피에타'를 만든 그는 성 시스티나 성당의 천장화 '천지창조'를 통해 인간이 할 수 없는 신의 영역을 넘는 작품을 완성했다.

프랑스 로칠드 가문이 프랑스 와인을 이끌었다면 르네상스 시대를 이끈 이탈리아 메디치 가문이 지금의 이탈리아 와인을 발전시키고 보전할 수 있었다. 그 시대를 대변하는 예술, 문화 등의 배경에는 항상 와인이 같이 있었다.

르네상스 시대 이후 과학의 시대가 도래하면서 천문학과 물리학에서 기독교의 교리와 상충하는 주장이 등장하였다. 영국의 진화생물학자 '리차드 도킨스'는 그의 저서에서 "눈먼 시계공에서 우연에 의해 우주가 만들어질 수 있다"라고 했다. 지구상의 모든 생명체는 자연 발생적으로 기원했으며 오랜 시간을 거쳐 진화가 진행되어 오늘날의 모습에 이르렀다는 것이다.

세상의 모든 일을 다 밝혀 낼 수는 없다. 사람들은 자신이 아는 지식과 경험의 범위 안에서 예측한다. 그냥 저절로 생겨나는 일들을 잘 받아들이지 않고 자기 앞에 펼쳐지는 일들의 원인과 이유를 알고 싶어 한다. 하지만 우주와 생명이 우연히 탄생한 것처럼 우리가 경험하는 세상은 우연의 순간들이 모여 운명이 된다.

우연을 포착하는 방법은 없을까? 모두가 힘들고 어려운 시기, 우연한 발견으로 우리의 운명을 바꿀 만한 일이 생기는 상상을 해보자. 인생의 진정한 감동은 우연이다. 이 어려운 시기를 극복하고 모두가 함께 모여 와인 한잔할 수 있는 그날, 새로운 '와인의 르네상스'가 오기를 기대해 본다.

어느 멋진 날의 와인을 기다리며 ——

제2차 세계대전에서 영국의 승리를 이끈 윈스턴 처칠. 뛰어난 전략가이자 존경받는 지도자였던 그는 제2차 세계대전의 고난의 시절과 승전의 기쁜 순간에 샴페인을 즐겨 마셨다. 그가 즐겼던 샴페인은 영국 엘리자베스 2세 여왕에게 공급되는 공식 샴페인으로 2004년 지정됐고, 2011년 4월 윌리엄 왕자와 케이트 미들턴의 웨딩 샴페인으로 특별 주문되며 다시 영국 왕실이 선택한 최고의 샴페인이 되었다.

1613년부터 300여 년간 러시아를 통치하며 발트해와 흑해에서 태평양 연안까지 유라시아 대륙을 아우르는 대제국을 건설한 로마노프 왕가의 알렉산드르 2세는 부친 니콜라이 1세가 크림 전쟁 중 사망한 뒤 황제에 올랐다. 열강들의 압박과 전쟁의 패배 속에 러시아 개혁의 필요성을 느낀 그는 농노제를 폐지하고, 사회 각 분야를 혁신해 러시아 제국의 근대화를 이끌었다. 그는 생애 고통과 영광의 순간마다 황제의 존엄성을 갖춘 샴페인을 주문해 마셨다. 비록 정부 주도 개혁에 따른 갈등으로 1881년 3월 혁명 세력의 폭탄 테러로 사망한 비운의 황제가 되었지만, 그가 마셨던 샴페인은 현재 세계 최고의 샴페인으로 명성을 유지하고 있다.

프랑스 남부 코르시카섬의 작은 마을에서 태어난 나폴레옹 역시 와인 애호가로 잘 알려져 있다. 그는 70여 차례 치른 크고 작은 전투 때마다 와인을 담은 술통을 가지고 다녔다. 그의 마지막 싸움인 워털루 전투의 패인도 전날 와인을 마시지 못했기 때문이라고 전해질 정도이니 나폴레옹에게 와인은 소중한 위로와 힘이 되었을 것이다. 이 전투에서 승리했다면 그 멋진 날을 기념하는 와인 잔을 기울였을지도 모르겠지만, 세인트헬레나섬에 유배되어 일생을 마칠 때까지 결국 그런 기회는 오지 않았다. 하지만 그가 즐겨 마셨던 와인은 그 지역만의 완벽한 아로마와 부케를 가진 와인으로 여전히 사랑받고 있다.

프랑스 루이 14세의 입맛을 사로잡아 '왕들의 포도주'로 알려진 헝가리의 토카이와인도 어느 멋진 날과 잘 어울린다. 루이 14세는 사랑하는 퐁파두르 부인에게 토카이와인을 선물하며 '포도주의 왕, 신들의 음료'라고 했으며 그중 최고 등급인 로열 에센시아를 죽어가는 사람에게 '천국의 느낌을 미리 맛 보라.'며 한 모금씩 주기도 했다.

뉴욕 배경의 영화 〈어느 멋진 날〉은 부드럽고 따뜻한 싱글 대디 역을 맡은 조지 클루니의 젊은 시절 모습과 매력적이고 억척스러운 싱글 맘 건축사 미셸 파이퍼의 연기가 돋보이는 영화이다. 자신의 일과 자녀 양육 모두를 잘하기 위해 고군분투하는 두 사람을 보면서 인생은 살만하다는 것을 느낄 수 있다. 어쩌면 우리는 인생의 '어느 멋진 날'을 그냥 흘려보내고 있는 것은 아닌지.

중세 유럽의 입맛을 사로잡았던 프랑스 보르도와인부터 최근 새로운 스타일로 만들어지는 와인까지, 수많은 와인이 당신의 '어느 멋진 날'이 어서 오기를 기다린다.

황제와 신들의 와인이 아니어도 좋다. 지금 이 순간 세상을 모두 얻은 마음으로 와인 한잔 마셔보자. 내 인생의 '어느 멋진 날'을 꿈꾸며.

Fähre

디 오픈 우승컵은 와인 주전자 ——

세계 4대 메이저 남자골프 대회 중 가장 오래된 역사와 전통을 자랑하는 '디 오픈 챔피언십(이하 디 오픈)'. 1860년에 창설된 디 오픈은 2021년 7월이면 150회 대회가 개최될 예정이다. 자존심 강한 영국인이 세상에 단 하나뿐인 대회라는 뜻으로 부른 '디 오픈(The Open)'. 유일하게 미국 본토를 떠나 유럽에서 열리는 디 오픈의 챔피언에게는 우승컵 대신 은제 주전자 '클라레 저그'를 수여한다.

클레라는 프랑스 보르도 산 와인이란 의미다. 보르도 지방은 강 하구 근처에 위치해 영국으로 와인을 수출하기 좋은 지리적 조건을 가지고 있었으며 13세기 말까지 영국에 수입되는 와인의 4분의 3을 차지했다. 그 당시 영국에 와인을 수출했던 스페인이나 지중해 연안의 와인보다 색깔이 맑고 밝아서 클레라는 별칭을 얻게 되었다.

'저그'는 주둥이가 넓고 손잡이가 달린 물주전자를 뜻하며 코르크 마개가 있는 물병, 포도주가 든 큰 술병을 의미하기도 한다. 이처럼 프랑스 포도주를 뜻하는 클레라와 유리와 은을 소재로 만든 저그의 합성어로 '클레라 저그'라는 이름이 탄생하였고 이제는 '디 오픈'의 우승컵을 일컫는 말로 유명해졌다.

메이저 대회 중 최고의 명성을 가진 디 오픈의 우승자에게 우승컵으로 와인 주전자인 클레라 저그를 주는 것만으로도 영국인에게 와인이 얼마나 중요한 의미를 가지는지 알 수 있다.

영국은 유럽 북부 지역에 위치해 기후적으로 상업적인 포도 재배가 어려운 지역이다. 하지만 오랜 세월 유럽의 경제 대국으로 구매력 높은 주요 와인 소비 국가의 위상을 지키고 있다. 와인을 수입하고 판매하는 시스템뿐만 아니라 와인을 테이스팅하고 평가하는 교육 프로그램이 가장 잘 갖추어진 나라이다.

한국에서 와인과 골프는 아직 대중적으로 즐기기엔 쉽지 않다. 골프는 많은 시간과 노력이 필요하고 필드에 나갈 때마다 전혀 다른 경험을 하게 된다. 와인도 제대로 즐기려면 어렵고 섬세한 취미이다. 음식, 분위기, 같이 마시는 사람에 따라 다르고 와인의 온도, 어울리는 잔, 시간에 따라 향과 특성이 달라진다.

업무적인 자리에서 지극히 감정을 밖으로 내놓지 않는 유럽 사람도 와인 이야기가 나오면 자연스럽게 자기의 마음을 터놓고 친해지는 경우가 많다. 와인 한잔 속에 담긴 많은 이야기, 와인에서 느낄 수 있는 향과 맛이 만들어내는 신비함 때문이다.

오늘 저녁 식사 자리가 약속되어 있다면 상대방이 어떤 와인을 좋아하는지 먼저 물어보고 자기가 좋아하는 와인도 함께 주문해 마셔보자. 끝도 없이 사람을 자극하는 와인의 향과 맛에 취해 타인을 허용하지 않던 우리 마음의 성곽은 어느새 허물어져 있을 것이다.

최고의 와인은 내 곁에 있다 ——

한국에는 와인 애호가가 참 많다. 와인에 대한 지식이 있으면 와인을 즐기는 재미가 있겠지만 와인을 마시는 모두가 와인에 대한 지식을 가져야 할 필요는 없다. 와인은 지식이 부족하더라도 호기심을 가지고 마시는 것만으로 충분하다. 그냥 반주 삼아 한두 잔 마시는 즐거움이면 족하다.

기원전 4천 년, 이집트 와인의 흔적과 양조 기록이 신에게 제물로 바치기 위한 것이었다면 그리스와 로마시대에서는 모든 사회 계층이 다양한 스타일의 와인을 즐기게 된다. 고대 로마의 와인은 어떤 맛이었을까?

로마인은 포도 재배와 양조 기술을 로마제국에 전파했

고, 국외 거주 로마인은 현지의 기후와 토양에 맞는 와인을 만들면서 와인 스타일의 차이를 알게 되고 그 가치를 인정받기 시작했다. 5세기 로마제국 멸망 후 수도원이 유럽의 포도밭 관리를 맡게 되면서 포도 재배에 대한 지식이 축적되고 오늘날 우리가 즐겨 마시는 스타일의 와인이 다양하게 개발되었다.

12세기 영국이 프랑스의 보르도와인을 수입하면서 최초로 와인의 상업화가 시작되었고 유럽 전역에 복잡한 역사적 이해관계에 따라 다양한 스타일의 와인이 만들어졌다.

1855년 프랑스 보르도의 분류 등급을 기점으로 이탈리아, 스페인과 독일 등 유럽 전역에도 비슷한 시스템을 도입하면서 토양과 기후를 반영하는 떼루아의 개념이 와인의 스타일을 결정하는 주요 개념이 된다. 제2차 세계대전 이후 미국, 호주를 비롯한 신세계 지역에서도 와인 산업이 성장하기 시작하지만 유럽과 반대로 현지의 전통에 얽매이지 않았다.

오늘날 와인 생산자는 아이디어와 기술을 병행하고 있다. 품질을 철저히 관리해 저렴하지만 맛 좋은 와인을 만들고 품종과 지역의 특징을 가진 다양한 와인을 생산하기 위해 노력하고 있다. 누구나 자신만의 취향이 있다. 와인을 즐기는 우리는 오로지 개인적인 취향으로 좋아하는 와인을 찾기 위해 다양한 스타일의 와인을 마셔 볼 필요가 있다.

와인 평론 분야에서 독보적인 로버트 파커(Robert M. Parker Jr)는 대학에서 역사와 미술을 전공한 뒤 변호사가 된 인물이다. 당시, 대부분의 와인 평론가가 20점 만점으로 와인을 평가했지만 한눈에 들어오고 이해하기 쉬운 100점제로 와인을 평가해 세계적인 명성을 가진 와인 평론가가 된다.

흔히 와인을 구매할 때 점수와 함께 적혀있는 RP라는 이니셜은 로버트 파커의 이니셜로 와인 구매에 많은 영향을 미치고 있다. 하지만 와인 평론가가 아닌 와인 애호가에게 와인 시음의 목적은 호기심을 가지고 음미하며 즐기는 멋에 있다. 와인의 종류가 너무 많고 와인의 상태와 조건에 따라 다양한 맛과 향을 보여주기 때문에 유명한 와인 평론가들도 많은 착각과 실수를 하고 있음을 솔직하게 고백하고 있다.

와인 잔이 없어도 좋다. 와인에 대한 호기심과 마음 맞는 사람과 함께 할 수만 있다면 충분히 행복하고 운치가 있다. 이때 마시는 와인이 바로 100점짜리 와인이고 필자가 생각하는 와인 애호가의 모습은 이런 것이다.

최고의 와인은 '어젯밤 사랑하는 사람과 마신 바로 그 와인'이다.

프랑스와 미국의 와인 전쟁 ——

로마의 와인 산업을 위협하는 프랑스 포도를 모두 없애라는 명령을 내린 로마의 황제 도미티아누스(Domitianus)는 유능하지만 고압적인 인물이었다. 군대의 충성을 확보하고 제국의 복지를 증진시켰지만 그의 전제 정치에 대한 불만을 가진 세력에 의해 96년 암살당한다. 역사는 돌고 도는 것인가? 공교롭게도 미국은 최근 와인 관세 문제를 제기하며 프랑스 와인 산업에 시비를 걸기 시작했다.

프랑스를 포함한 유럽연합(EU)과 미국은 서로에게 가장 큰 와인 수출 시장이다. 하지만 미국산 와인에 대한 EU의 수입 관세는 유럽산 와인에 대한 미국 수입 관세의 2배에 달한다. 2019년 EU가 40억 달러 이상을 미국으로 수출한 것에 비해 미국은 5억5천300만 달러만 EU에 수출하는데 그쳤으니 충분히 시비를 걸만하다.

유럽에서 와인의 종주국은 단연 프랑스다. 프랑스의 포도 품종이 미국을 비롯한 신대륙 지역에 널리 재배되면서 국제적인 포도 품종으로 명성을 알리게 된다. 새로운 기후와 토양에 적응하여 새로운 스타일로 탄생된 '국제 품종'의 대부분이 프랑스가 고향인 셈이다.

1919년 이후 금주령과 경제 공황 등으로 치명타를 맞게 된 미국의 와인 산업은 1960년, UC 데이비드 대학과 프레스노 주립대학에서 포도 재배와 양조를 연구하면서 와인 메이커를 교육할 수 있는 바탕을 마련하게 된다.

프랑스를 비롯한 유럽의 와인 양조 기술은 수백 년 동안 전통적으로 확립되어 왔지만, 미국은 물려받은 전통이 없기 때문에 현대적 기술과 실험 정신으로 자유롭고 다양한 제품을 생산해왔다. 당시 최고의 인기를 누리던 케네디 대통령의 부인 재클린 케네디 여사가 프랑스계라서 프랑스 와인에 대한 관심도 많았지만 프랑스 와인의 뛰어난 품질과 전통은 선망의 대상이자 미국 와인이 극복해야 할 숙제였다.

1966년 '로버트 몬다비'와 '조 헤이츠' 같은 선구자들이 미국 와인의 90%가 생산되는 캘리포니아의 나파밸리에서 와인 양조를 시작하고 발효 시 온도 조절, 오크 숙성 등 양조 방법을 프랑스 스타일로 바꾸면서 나파밸리의 와인은 혁신적으로 변하게 된다. 1976년 미국 독립 선언 200주년 기념 행사로 기획된 '파리의 심판'을 통해 캘리포니아 와인이 프랑스의 명품 와인을 이기고 최우수 와인으로 선정된 사건은 프랑스 품종으로 만든 미국 와인의 품질이 세계에 재인식된 역사적 사건이다.

또한 로버트 몬다비가 프랑스의 샤또 무똥 로칠드의 소유주 필립 로칠드 남작과 손잡고 미국을 상징하는 와인 '오퍼스 원'을 만들어 낸 것은 미국 와인 자본을 글로벌화한 대표적인 성공 사례이다. 미국이 가진 자본력을 바탕으로 프랑스의 전통과 역사 그리고 품질을 한 손에 거머쥔 와인 업계의 전설을 만들어 낸 것이다.

노자의 도덕경에 '유무상생(有無相生)'이란 구절이 있다. 있고 없음은 서로 상대하기 때문에 생겨난 것이란 뜻으로 천하가 아름답다고 생각하는 데서 추함이란 관념이 나오고 선을 좋다고 생각하는데서 악의 관념이 생긴다. 세상 만물의 이치를 상대적인 관점에서 보고 서로 의논하라는 말이다. 오늘날 미국 와인의 명성은 배타적인 경쟁과 대립이 아닌 프랑스 와인에 대한 벤치마킹과 협력으로 이루어 낸 결과이다. 어렵고 쉬운 것은 서로를 보완하고 높고 낮음은 서로 의논하며 길고 짧은 것은 서로를 분명하게 드러내는 것처럼 자연의 이치도 상대적인 비교로 파악할 수 있다. 와인 한잔에 담긴 교훈, 우리의 삶도 이와 다르지 않다.

몰도바와인의 추억 ——

몰도바의 공식 명칭은 몰도바공화국(Republic of Moldova)이다. 몰도바와인이 한국 와인 시장에 본격적으로 알려지게 된 것은 2015년 대전에서 열린 '아시아 와인 컨퍼런스'에서 처음 자국의 와인을 소개하면서부터이다. 이 행사는 전 세계 와인 시장의 동향을 발표하고 토론하는 국제 수준의 와인 클래스로 '아시아 와인 트로피'의 부대 행사로 개최된다. 아시아 와인 트로피는 초대된 국내외 와인 전문가가 전 세계로 출품된 와인을 평가하는 아시아 최고의 와인 품평회이다.

몰도바는 18세기 후반, 오스만제국과 러시아의 영토 분쟁을 시작으로 1991년 독립할 때까지 역사적으로 정복당하고 갈라지는 분쟁의 희생양으로 많은 고통을 겪었다.

소비에트연방이 해체되면서 독립한 몰도바는 유럽연합의 경제적 지원을 받으며 풍요롭게 살 줄 알았지만, 현실은 녹록지 않았다. 유럽의 비실용적인 기준과 제약으로 몰도바 농산물의 시장 진입이 어려워지고 이로 인한 품질 경쟁력과 판로 문제, 정치적인 갈등으로 많은 어려움을 겪고 있다.

하지만, 사계절이 뚜렷하고 토양이 비옥해 향과 맛이 진한 포도가 생산되는 몰도바에서 프랑스인은 18세기부터 와인을 만들었고 19세기부터는 보르도, 부르고뉴 와인과 어깨를 나란히 하는 와인을 생산했다. 독립 후 국가 경제 체제에서 민간 기업으로 거듭난 와인 생산자들이 카베르네 소비뇽, 메를로, 샤르도네 같은 특별한 품질의 국제 품종, 향이 진하고 맛이 풍부한 토착 품종, 그리고 토착 품종과 국제 품종을 섞은 독특하고 특별한 와인을 생산하며 새로운 희망을 만들고 있다.

몰도바에서 와인을 마실 때는 '건배, 위하여'의 의미로 '노로크'이라고 외친다. 'Noroc'은 루마니아어로 '행운, 다행, 운명'을 뜻한다. 힘들고 어려운 시기를 극복하고 행복한 시간을 가질 수 있는 지금, 이 순간을 다행으로 여기는 마음이 담긴 말이다.

추억은 아름다운 것이라 했다. 힘들고 어려운 시기, 견디기 힘든 아픔을 이겨낼 수만 있으면 다행이다. 아픔 없이 행복한 삶은 없다. 포기하지 말자. 그 시절을 기억할 수만 있어도 행복할 수 있고 그 추억만으로도 삶은 아름다워질 수 있다.

우리 입맛에 잘 맞는 음식과 친절한 미소가 오랜 기억으로 남는 곳, 더불어 우리를 감동하게 하는 멋진 와인이 넘쳐나는 몰도바. 비록 그곳에 가지 못해도 샴페인 부럽지 않은 몰도바 스파클링만 있어도 몰도바를 추억하기에 족하다. 향 가득한 몰도바와인 한잔이면 나만의 멋진 몰도바 여행이 될 수 있다.

이나마 우리 삶이 행복한 것이 다행이다. 몰도바와인의 발전을 위하여 "건배", 몰도바를 추억하며 "NOROC!"

CHIMICE
PRODUSE
20
4X10

세상에는
좋은 와인이 많다 ——

메소포타미아, 이집트 문명과 함께 만들어지고 발전한 와인은 지중해 연안의 크레타섬을 중심으로 활발한 무역 활동을 했던 그리스를 통해 고대 이탈리아반도에 정착했다. 이후 르네상스 시대 유럽 예술 발전의 전진기지 역할을 한 로마가 프랑스인의 조상인 갈리아인을 정복한 기원전 1세기부터 본격적으로 유럽 전역에 포도밭이 들어서면서 와인 소비가 확산되기 시작했다.

로마 시대부터 지역 특성에 맞는 포도를 재배해 와인을 만들어 와인 종주국임을 자부해온 이탈리아는 나라 전체가 커다란 포도밭이라 할 정도로 국토 전역에서 와인을 생산하는 유일한 나라이다. 이탈리아 가정의 식탁엔 항상 와인이 함께 하며 와인을 '먹는다'라고 표현할 정도로 와인 문화가 생활 속 깊이 뿌리내려져 있다.

우리나라는 외식 레스토랑의 대부분을 차지하는 이탈리아 음식에 비해 아직 이탈리아 와인에 대한 인지도는 낮다. 이탈리아 와인은 1950년대까지 영세하고 통일된 규정이 없어 프랑스 등 유럽 국가에 비해 질 낮은 와인으로 인식되기도 했다. 하지만 가장 큰 이유는 지역마다 다른 기후와 널리 분포된 토착 포도 품종을 가진 이탈리아 와인의 다양성에서 비롯된 오해 때문이다. 와인을 제법 마셔본 사람이라도 다양성이 특징인 이탈리아 와인을 모두 안다고 말하기는 어렵다. 복잡하고 다양한 이탈리아 와인이 먹고 마시는 일에는 어렵고 불편했을 법하다.

하지만 이러한 다양성을 즐길 수만 있다면 와인을 마시는 새로운 재미가 될 수 있다. 출장이나 여행으로 해외에 나갈 기회가 있을 때 그 지역의 음식과 함께 그 지역의 와인을 마셔보는 것도 좋은 방법이다. 지중해를 바라보고 있는 이탈리아 리구리아 지역의 친퀘테레나 제노아의 카페에서 지역의 대표적인 화이트 품종 베르멘티노로 만든 와인을 마셔보자. 레몬, 오렌지 향에 짭조름한 미네랄의 풍미가 좋아 해산물이나 토마토, 모차렐라치즈와 바

질로 만든 카프리제 샐러드와 마시기에 좋다.

몇년 전 이탈리아 출장 중 프라스카티에서 시에나로 이동하면서 차창 밖으로 보이는 경치는 항상 새로웠다. 이국적인 하늘과 땅. 다르기 때문에 새롭고 그 새로움은 감동으로 다가온다.

와인을 평가하는 전문가들이 와인을 테이스팅할 때도 항상 의견이 같지 않다. 조금씩 차이가 있으며 어떤 경우 전혀 다른 결과가 있을 수도 있다. 하지만 다른 의견을 낸 심사위원에 대해 질책하지 않는다. 전문가임을 서로 인정하기 때문에 다양한 와인에 대한 다양한 의견을 존중한다.

나와 다름을 인정하는 것. 세상을 가장 아름답게 살아가는 방법이 아닐까? 아무것도 정해진 것은 없다. 나와 다른 모습의 사람과 함께 호흡하고 살아가는 세상. 그래서 더 살아볼 가치가 있다.

세상에는 새롭고 좋은 와인이 많다. 다양한 와인을 편견없이 즐기자. 다름을 인정하고 그렇게 가슴으로 느껴지는 와인을 마실 때 여운은 더 길어진다.

내추럴와인과
정월대보름 —

음력 1월 15일 정월대보름은 한 해의 풍년을 기원하고 질병이나 액운을 막고 마을의 무사태평을 기원하는 날이다. 지역마다 차이는 있지만 오곡밥과 아홉 가지 나물, 부럼 깨기, 귀밝이술 마시기 등이 이날 행해지는 세시 풍속이다. 잡귀를 쫓고 쥐와 해충을 방제하기 위해 논둑에 불을 놓는 쥐불놀이와 다 타서 넘어질 때의 방향으로 그해 풍흉을 점치는 달집태우기도 마찬가지다.

포도 재배와 와인 양조 과정에도 달의 변화와 움직임을 중시하며 별자리 등 점성학적인 요소를 반영하는 경우가 있다. 포도 재배 시 농장 내에서 만들어진 친환경 비료와 거름만을 사용하고 포도밭에 다양한 종류의 식물을 같이 키우는 등 다양성을 높여 농장 전체가 하나의 커다란 생태계가 되도록 만든다. 양조 과정에서는 최대한 맑고 침전물이 없는 와인을 만들기 위해 음력 보름달이 떴을 때 중력과 달의 힘을 통해 정화된 와인을 병에 넣는다.

최근 국내에서 내추럴와인에 대한 관심과 인기가 높아지면서 수입과 함께 소비도 증가하고 있다. 포도 재배와 양조 전 과정에서 인간의 개입을 철저히 배제하고 토양의 특징(떼루아)과 그해 기후의 특성(빈티지)을 100% 반영해 아무것도 추가하지 않고 자연스럽게 만든 와인, 포도 재배와 양조 과정에서 화학 비료나 제초제, 농약 이산화황 등 각종 첨가제를 쓰지 않고 친환경 농법으로 만든 유기농(Organic) 와인, 음양의 조화와 천체의 움직임까지 고려해 만드는 바이오다이나믹 와인, 이러한 모든 것들을 포함해 자연에 거슬리지 않게 와인을 만드는 철학까지 더해진 것이 바로 내추럴와인이다.

하지만 유기농이나 바이오다이나믹 인증의 신뢰성은 나라마다, 지역별로 인증 기준이 다르다. 가족 단위 소규모 와이너리는 복잡한 인증 절차와 비용 탓에 인증을 받지 않는 경우도 많다. 현재 유럽연합에서는 유기농 와인만 인증하고 있으며 내추럴와인에 대한 인증은 아직 없다.

유기농이나 바이오다이나믹, 내추럴와인 모두 인간이 만들어낸 양조 방법이다. 이런 와인 양조에 구애받지 않고 처음부터 지금까지 묵묵히 빈티지와 떼루아 그리고 그 지역 정서를 정성껏 담아 만든 이른바 천지인(天地人) 와인이 위대한 와인이다.

전 세계적으로 가장 품질이 높고 비싼 와인을 생산하는 프랑스 부르고뉴의 '도멘 드라 로마네꽁띠'의 전 양조 책임자인 베르나르 노블레는 "와인은 단순하다. 인생도 단순하다. 복잡하게 만드는 건 바로 인간인데 정말 수치스러운 일이 아닐 수 없다."라고 말했다. 내추럴와인에 대한 관심이 높아지고 있지만 어렵지 않게 즐길 수 있어야 진정한 내추럴와인이다. 생산자의 의지로 자연스럽게 만들어진 와인, 마시는 사람도 편하게 마실 수 있어야 진정한 자연주의 와인이 될 수 있다.

'와인 어렵지 않아요, 마시는 우리가 어렵게 만들 뿐.'

잔을 흔들면
와인 맛이 좋아지는 것처럼

초판 1쇄 인쇄 2021년 6월 4일
초판 1쇄 발행 2021년 6월 11일

지은이 최태호
펴낸이 정용수

사업총괄 장충상 **본부장** 윤석오
편집장 박유진 **책임편집** 정보영 **편집** 김민기
디자인 김지혜
영업·마케팅 정경민 양희지
제작 김동명 **관리** 윤지연

펴낸곳 ㈜예문아카이브
출판등록 2016년 8월 8일 제2016-000240호
주소 서울시 마포구 동교로18길 10 2층(서교동 465-4)
문의전화 02-2038-3372 **주문전화** 031-955-0550 **팩스** 031-955-0660
이메일 archive.rights@gmail.com **홈페이지** ymarchive.com
블로그 blog.naver.com/yeamoonsa3 **인스타그램** yeamoon.arv

ISBN 979-11-6386-072-3 03810